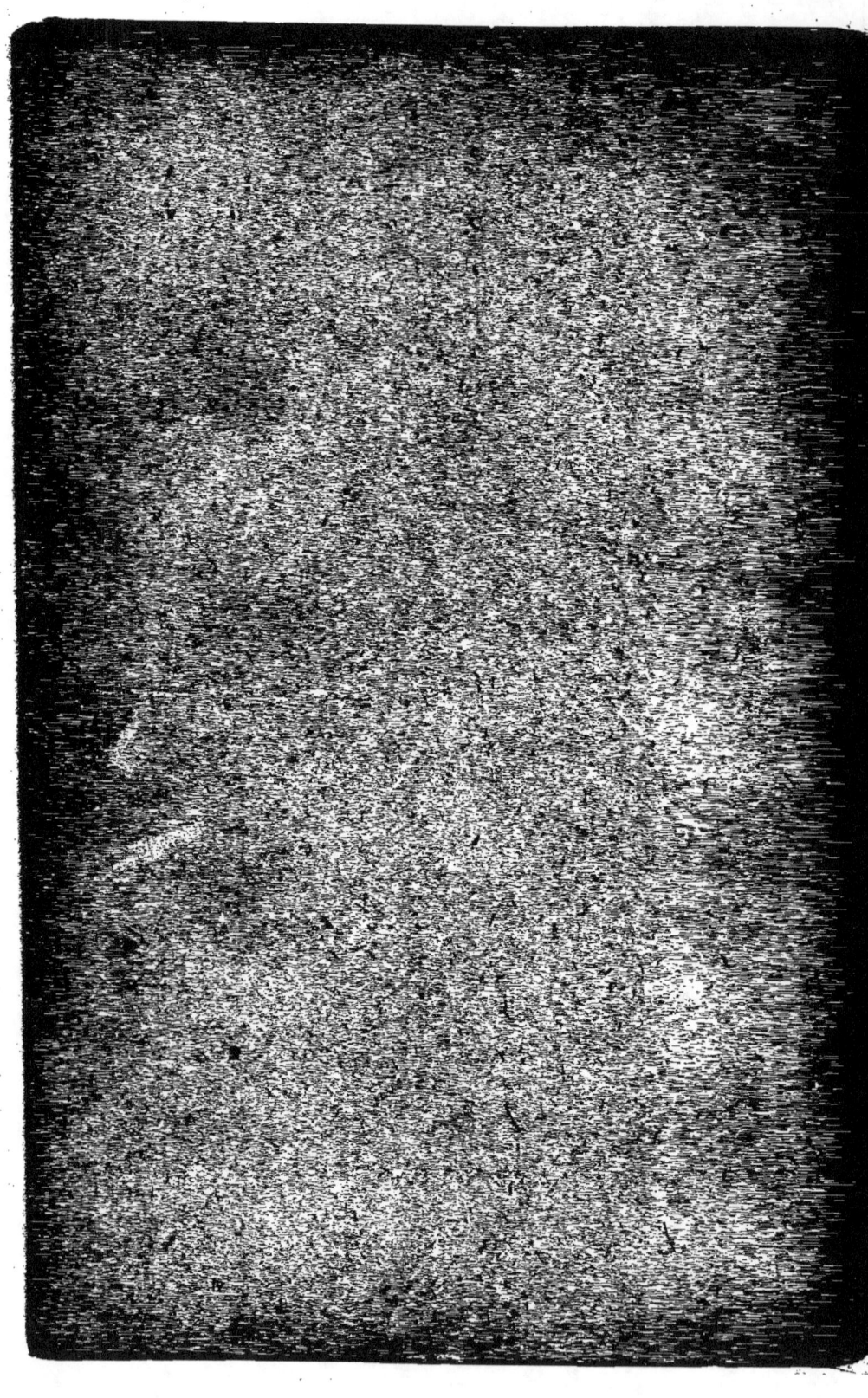

L'Évolution Sexuelle

DANS

L'ESPÈCE HUMAINE

Du même Auteur

ÉLÉMENTS DE ZOOLOGIE

1883, 1 vol. in-8, 842 pages avec 158 figures intercalées dans le texte, cart.   20 fr.

Lyon. — Imp. Pitrat Aîné, **A. Rey** Successeur, 4, rue Gentil. — 3065

L'Évolution Sexuelle

DANS

L'ESPÈCE HUMAINE

Le Dʳ Henri SICARD

DOYEN DE LA FACULTÉ DES SCIENCES DE LYON

Avec 94 Figures intercalées dans le texte

PARIS

LIBRAIRIE J.-B. BAILLIÈRE ET FILS

RUE HAUTEFEUILLE, 19, PRÈS DU BOULEVARD SAINT-GERMAIN

—

1892

INTRODUCTION

L'étude de la nature, celle des êtres vivants en
particulier, s'est transformée, de nos jours, sous
l'empire d'une hypothèse à la fois simple et féconde qui, en reliant les faits entre eux, les éclaire,
les explique les uns par les autres, et en donne la
véritable signification. Cette hypothèse est celle
de l'évolution. Conçue, en France, par le génie de
Lamarck, au commencement du siècle, mais en
opposition avec les idées qui régnaient alors, et
dont l'illustre Cuvier était le représentant, elle ne
rencontra guère que des adversaires, et tomba dans
l'oubli, d'où elle ne devait être tirée que cinquante

ans plus tard, grâce à l'œuvre puissante du grand
naturaliste anglais Darwin.

Nous n'avons pas à faire ici un exposé de cette
théorie qui domine aujourd'hui la science tout entière; nous nous bornerons à l'indication de quelques points utiles à rappeler, avant d'aborder le
sujet même de ce travail.

Longtemps les formes vivantes ont été regardées
comme fixes et invariables, chacune d'elles constituant ce qu'on appelle une espèce, soit animale,
soit végétale. Cette croyance reposait sur un double fait d'observation d'une exactitude apparente:
d'un côté, sur l'existence d'individus ayant entre
eux une grande ressemblance, et paraissant faits
d'après le même modèle; de l'autre, sur la formation, par voie de reproduction, d'individus
nouveaux semblables à ceux qui leur avaient donné
naissance. Cette similitude entre les parents et
leurs produits conduisit à l'idée que tous les êtres,
qui, dans la nature, la présentent au même degré,
devaient être issus d'une forme primitive, créée à
l'origine, et telle qu'on la trouvait représentée par
ses descendants. Donc, autant de formes diffé-

rentes, autant d'espèces sorties des mains du Créa-
eur. *Tot numeramus species quot ab initio creavit.
infinitum Ens,* avait dit Linné.

Cette hypothèse des créations spéciales a été
jusqu'à nos jours admise dans la science comme
vraie. Le principe qui lui sert de base, celui de
l'invariabilité des formes spécifiques, était univer-
sellement accepté, et semblait inattaquable, quand
Lamarck d'abord, puis Darwin, entreprirent d'en
démontrer la fausseté, et substituèrent à l'ancienne
théorie celle de l'évolution, ou de la descendance.
Celle-ci, à l'inverse de la première, reconnaît la
variabilité des formes vivantes, qui n'ont qu'une
fixité relative et temporaire, et peuvent se transformer lentement, sous l'influence de causes et
au moyen de procédés dont l'action est longtemps
continuée. Elles auraient ainsi passé, à travers les
âges, par une série d'états correspondant à des
espèces successives ; au lieu d'avoir été chacune
l'objet d'un acte spécial de création, elles dérive-
raient toutes d'une, ou d'un petit nombre de formes primitives très simples, et seraient ainsi
unies par un véritable lien de filiation.

La théorie de l'évolution réunit en sa faveur un si grand nombre de preuves, tirées de toutes les branches de la science des êtres organisés, Anatomie, Embryologie, Paléontologie, qu'elle a triomphé aujourd'hui des attaques dirigées contre elle au début, et qu'elle a rallié les suffrages de l'immense majorité des naturalistes.

On observe chez les êtres vivants deux ordres de phénomènes, d'où dépendent leur forme et leur organisation; ce sont, d'une part, les phénomènes d'hérédité, et de l'autre, les phénomènes de variation. Les premiers consistent dans la transmission aux descendants des caractères appartenant aux parents; les seconds, dans l'apparition chez les individus eux-mêmes de particularités nouvelles. Combinés entre eux de façons diverses, ils déterminent la modalité propre à chaque organisme. On voit donc combien est grande l'importance de leur étude et de la recherche des lois qui les régissent; quelques-unes de celles-ci sont actuellement connues.

Il y a lieu de remarquer d'abord la tendance opposée de ces deux grandes propriétés, l'hérédité et la variabilité, l'une agissant comme une force conservatrice, dont l'effet est de perpétuer les formes existantes, l'autre, au contraire, amenant des modifications d'où résultent des formes nouvelles ; et cependant, toutes deux concourent au même résultat, qui est l'infinie variété de ces formes ; mais, tandis que la variabilité opère de façon directe, c'est de façon indirecte que l'hérédité intervient. Celle-ci, en effet, ne se manifeste pas seulement par la transmission d'une génération à l'autre de caractères légués par les ancêtres, et formant une sorte de fonds commun ; son action s'exerce également sur les particularités individuelles acquises par les parents pendant la vie, et qui sont aussi transmises aux descendants.

C'est sur cette forme d'hérédité que reposent les procédés de sélection artificielle appliqués par les éleveurs, pour obtenir des produits chez lesquels ils parviennent ainsi à développer tel ou tel caractère, qui en augmente la valeur ou l'utilité. Tout leur art consiste à faire un choix méthodique de reproducteurs possédant au plus haut degré la qualité voulue, afin que leurs rejetons en héritent,

et ce choix, poursuivi pendant plusieurs générations, produit des effets qui grandissent en s'accu-
mulant. On sait à quels résultats étonnants on est
arrivé dans cette voie, pour modifier de diverses
façons nos races d'animaux domestiques, comme
chiens, chevaux, etc. [1]...

Ce sont là des faits expérimentaux, qui montrent
bien la puissance de l'hérédité pour fixer, dans des
conditions favorables, une variation survenue chez
un individu isolé. Cette variation, à la vérité, ne
se répète pas nécessairement chez les descendants;
elle peut, selon les circonstances, s'atténuer ou
disparaître, mais souvent elle est le point de départ
d'une forme nouvelle, qui se distingue des formes
voisines par quelques traits particuliers, constituant alors ce que l'on appelle une variété, ou
une race. Pour l'école transformiste, il n'y a pas de
ligne de démarcation qui sépare nettement la variété ainsi formée de l'espèce proprement dite, et
celle-ci correspond simplement à un état de diffé-

[1] Voyez l'excellent *Traité de Zootechnie générale* de M. Cornevin,
professeur à l'École vétérinaire de Lyon, Paris, 1891.

renciation plus marqué que la première. « On peut
considérer, dit Darwin, une variété bien prononcée
comme une espèce naissante [1]. » Pour les naturalistes qui se refusent à admettre cette conclusion,
la variabilité, qu'on ne saurait nier, ne peut jamais
s'étendre aussi loin, et reste circonscrite dans les
limites de l'espèce, limites qu'ils regardent comme
infranchissables ; mais, dans les bornes mêmes qu'ils
lui assignent, elle se manifeste d'une bien remarquable façon, comme le montrent les faits de
sélection artificielle.

Des variations initiales plus ou moins prononcées,
et susceptibles de donner naissance à des variétés
nouvelles, s'observent constamment dans la nature. D'abord, il existe toujours des différences
individuelles plus ou moins sensibles entre les
représentants d'une même espèce, et on a vu
comment elles pouvaient se développer sous l'influence de l'hérédité ; mais parfois, c'est une particularité bien tranchée qui apparaît, sans cause
appréciable, chez un individu, et qui est transmise

[1] Darwin, *Origine des Espèces*, trad. Moulinié, Paris, 1873, p. 56.

par celui-ci à sa postérité. Les exemples de ce genre sont nombreux, et on en a observé de bien curieux chez l'homme. Ainsi, on a vu dans certaines familles plusieurs générations présenter des cas de sexdigitation. Il est vrai que cette anomalie disparaît plus ou moins vite, parce que les individus qui en sont porteurs se croisent avec d'autres qui sont normalement conformés, et dont l'action combat celle des premiers ; mais s'il était possible que des hommes et des femmes à six doigts ne s'appariassent qu'entre eux, la fixation de ce caractère donnerait lieu à une nouvelle race humaine.

Nous n'insisterons pas sur ces phénomènes bien connus d'hérédité, dont il nous suffit de rappeler le rôle si important dans la constitution des individus, constitution qu'ils reçoivent de leurs parents avec ce qu'elle a de bon, comme avec ce qu'elle a de mauvais. Il y aura par suite d'autant plus de chances pour que les rejetons soient beaux et vigoureux, que les parents le seront eux-mêmes davantage, et on voit tout l'intérêt que présente, au point de vue de leur descendance, la qualité de ceux-ci comme reproducteurs. Dans la nature, il se fait une sorte de choix, qui résulte de ce que ce sont les individus les plus forts, ou le plus avantageusement doués, qui l'emportent sur les autres dans la lutte pour la reproduction, comme dans la lutte pour la vie, et Darwin a donné à cette forme de sélection le nom de *sélection sexuelle*. Nous aurons l'occasion d'en étudier les procédés et les effets, et de montrer le rôle qu'elle joue dans le développement des caractères qui distinguent les individus de sexe différent, et qu'on appelle *caractères sexuels secondaires*.

On sait, en effet, que, chez les animaux à sexes séparés, le mâle et la femelle présentent, dans les traits de leur organisation, des particularités qui leur sont propres, indépendamment de celles qui tiennent aux organes sexuels eux-mêmes. Parfois elles sont suffisantes pour produire entre eux une dissemblance telle qu'on ne croirait pas, au premier aspect, avoir affaire à des individus de même espèce; cependant, au début de leur existence, ils ont commencé par être semblables l'un à l'autre, et ce n'est qu'au cours de leur développement qu'ils se sont ainsi modifiés de façon différente. L'évolution en vertu de laquelle chacun des sexes acquiert ainsi les caractères qui lui sont propres et la physionomie spéciale qui lui appartient est, à cause de sa nature même, qualifiée de *sexuelle*.

L'étude de cette évolution montre comment s'est produite la différenciation qui, chez les animaux supérieurs surtout, s'observe entre le mâle et la femelle, et par là, elle permet de reconnaître la nature et la signification des particularités caractéristiques de chacun d'eux. Cette étude appliquée à l'espèce humaine est d'autant plus intéressante que, chez celle-ci, les sexes se distinguent par des traits plus marqués et plus nombreux, en rapport avec la supériorité de son organisation physique, et aussi avec le degré, d'ailleurs bien variable, de son état de civilisation ; mais elle ne peut être poursuivie isolément ; pour aboutir à des résultats positifs, elle doit s'éclairer des données fournies par l'examen des faits de même ordre chez les animaux, et sans la connaissance desquels ceux qui s'observent chez l'homme ne sauraient être bien compris.

C'est la voie que nous avons suivie dans ce travail dont le plan se trouve ainsi naturellement tracé.

Envisageant d'abord l'origine des êtres vivants, nous avons vu qu'ils provenaient toujours de parents, par voie de génération soit asexuée, soit sexuée. Nous avons exposé comment se faisait le passage de la première à la seconde, et comment celle-ci exige le concours de deux éléments, l'un mâle et l'autre femelle, tous deux de nature cellulaire, et dont l'action l'un sur l'autre constitue la fécondation. Nous avons suivi le développement du nouvel être depuis la cellule ovulaire, qui en est le point de départ, et nous avons montré comment, au cours de ce développement, se faisait la différenciation des sexes. Après avoir examiné la constitution de chacun d'eux, et avoir cherché l'explication des particularités qui constituent les caractères sexuels secondaires, nous nous sommes demandé quelle en était la signification. Nous avons étudié ces caractères en particulier dans l'espèce humaine, en recherchant leur rôle dans la sélection sexuelle, et nous avons enfin tenté d'en déduire les principes de celle-ci appliquée à l'homme.

Notre but sera atteint si nous avons réussi à intéresser quelque peu le lecteur, malgré l'aridité de certains détails dont l'exposé était nécessaire à l'intelligence du sujet.

H. SICARD.

Lyon, 7 novembre 1891.

L'Évolution sexuelle

L'ESPÈCE HUMAINE

CHAPITRE PREMIER

ORIGINE DES ÊTRES VIVANTS

Caractères des êtres vivants ; ils ont une durée limitée ; leur formation. — Hypothèse de la Génération spontanée. — Observations de Redi. — Leeuwenhoek et les Infusoires. — Baker et le transport des germes par l'air. — Pasteur et la panspermie. — *Omne vivum ex vivo.* — Génération. — Monogonie, ou génération asexuée. — La cellule et sa multiplication. — Karyokinèse. — Scissiparité ; Trembley et l'Hydre d'eau douce. — Gemmiparité. — Colonies animales. — Parthénogénèse.

Caractères des êtres vivants. — Les êtres vivants, dont l'étude forme l'objet de cette belle et vaste science qu'on appelle la *Biologie*, ont pour caractère essentiel de n'avoir qu'une durée limitée. De tout temps on les a distingués des corps bruts dont l'existence n'est pas bornée comme la leur et peut se prolonger indéfiniment, s'il ne survient aucune circonstance accidentelle qui y mette un terme ; un minerai, par exemple, un cristal conservera sa

SICARD, L'Evolution sexuelle. 1

forme et sa constitution tant qu'il ne subira aucune
action physique ou chimique propre à altérer
l'une ou l'autre. Il n'en est pas ainsi des êtres
vivants dont l'existence est limitée et comprise
entre deux termes bien définis, la naissance d'une
part, la mort de l'autre. Ils diffèrent également
des premiers par leur origine, c'est-à-dire par leur
mode de formation. Les corps bruts, en effet, se
trouvent dans la nature, soit à l'état de corps
simples, soit à l'état de corps *composés;* ceux-ci
résultent de la combinaison de deux ou plusieurs
corps simples, et il suffit que les éléments dont ils
se composent soient mis en présence dans des
conditions déterminées pour que leur formation
ait lieu. Les êtres vivants, eux, ne prennent jamais
naissance de semblable façon et la science actuelle
a démontré qu'ils ne pouvaient, en aucun cas, se
former ainsi de toutes pièces, par la combinaison
des éléments chimiques qui les constituent.

Hypothèse de la génération spontanée. — Longtemps les naturalistes ont disputé sur ce sujet et
la théorie de la *génération spontanée*, en ce qui
concerne du moins les êtres les plus inférieurs et
les plus simples, a trouvé des adeptes et des défenseurs jusqu'au jour où elle a été ruinée par les
travaux de Pasteur.

On sait que, dans l'antiquité et au moyen âge, ce mode de production était admis pour bon nombre d'animaux d'une organisation élevée, considérés comme provenant soit du limon de la terre, soit de matières en putréfaction, et on est surpris aujourd'hui que de telles fables aient pu trouver crédit auprès d'hommes qui faisaient profession d'observer la nature. Qui n'a lu, au collège, dans les *Géorgiques* de Virgile, l'histoire des Abeilles du berger Aristée, naissant de la corruption du corps d'un jeune taureau? A la vérité, Virgile, en sa qualité de poète, n'était pas tenu à une observation rigoureuse des faits, et devait faire plus de part à l'imagination qu'à l'exactitude dans ce récit qui traduisait une croyance populaire, mais on trouve la même histoire racontée par le naturaliste Pline qui n'émet aucun doute sur la réalité du phéno-mène. On admettait ainsi que les larves qui se développent dans les chairs en putréfaction, que les Poux qui parfois se multiplient avec tant de rapidité, que les Puces qui pullulent dans les lieux malpropres et bien d'autres animaux encore, des Poissons, comme les Anguilles, et même des Mammifères, comme les Rats, peuvent prendre naissance par génération spontanée.

On s'étonne aujourd'hui de tant de crédulité,

et cependant il ne faut pas remonter bien loin en arrière pour trouver cette hypothèse de la généra-tion spontanée admise, par la plupart des natura-listes et des médecins, comme explication de la présence de parasites vivant à l'intérieur du corps d'autres animaux. On ignorait, en effet, leur origine ainsi que la façon dont ils se reproduisaient, et comme on ne se rendait pas compte de leur mode d'introduction dans les parties souvent profondes de l'organisme où on les rencontrait, on supposait qu'ils s'y étaient formés sur place. C'est ainsi qu'Hippocrate les faisait naître de l'al-tération des humeurs, et cette théorie, dite de la *Zoopoièse*, a trouvé des partisans même au siècle actuel, jusqu'au moment où elle a été définitive-ment condamnée par les travaux modernes de Siebold, van Beneden, etc., qui ont montré que ces animaux se reproduisaient comme les autres, par génération, et ont fait connaître les migrations par lesquelles ils arrivent dans l'hôte où on les rencontre. Bremser, l'auteur d'un Traité classique sur les Vers intestinaux publié en 1819 et dont la traduction française parut en 1824, y soutenait avec force la théorie de la génération spontanée de ces parasites. Cette théorie obtenait alors l'adhésion du plus grand nombre des médecins et des savants, si bien que de Blainville, qui a annoté l'édition française du livre de Bremser, adopte lui-même ces idées et conclut avec lui que les « Vers intestinaux, ne pouvant provenir de l'extérieur, se forment de toutes pièces dans les différentes parties de l'animal, en sont pour ainsi dire le produit, comme dans les Mammifères ou les Oiseaux, le fœtus est le produit de l'ovaire. » (De Blainville, dans Bremser, p. 510.)

Observations de Redi. — C'est un naturaliste italien, François Redi, d'Arezzo, qui, le premier, en 1668, combattit l'hypothèse de la Génération spontanée et eut le grand mérite, au lieu d'admettre sans preuve les assertions de ses devanciers, de soumettre les faits à l'observation et à l'expérience. Dans ses Recherches sur la Génération des Insectes, il constata que les prétendus Vers qui se développent dans les chairs corrompues, loin d'être produits par elles, sont des larves de mouches provenant d'œufs qui y ont été déposés, et il reconnut expérimentalement qu'on ne voyait jamais ces larves naître dans des chairs qui étaient défendues contre l'accès des mouches, ce qui prouvait bien qu'elles n'étaient pas produites par ces chairs mêmes. Par là il fit faire un grand progrès à la Science, surtout en montrant la voie qu'il fallait suivre pour résoudre de semblables ques-

tions. Après lui, en effet, Vallisnieri, Swammerdam, Leeuwenhoek et plus tard Réaumur confir-
mèrent et complétèrent ses observations.

L'hypothèse de la Génération spontanée reconnue
fausse dans les cas où il s'agissait d'animaux d'une
organisation relativement élevée, fut invoquée
toutefois pour expliquer l'apparition, dans des
circonstances particulières, d'êtres microscopiques,
animaux ou végétaux, de structure très simple,
qui se développent dans l'eau où l'on fait infuser
des matières organiques et que, pour cette raison,
on a nommés *Infusoires*. La figure 1 montre des
Infusoires et des Algues d'eau douce.

Leeuwenhoek et les Infusoires. — La découverte
des Infusoires est due à Leeuwenhoek, qui observa
pour la première fois leur existence en 1675, grâce
à l'heureux emploi qu'il sut faire du microscope
dont l'invention était alors récente; il reconnut la
présence d'une foule d'animalcules d'une extrême
petitesse, dans de l'eau qui était restée exposée à l'air
ou dans laquelle on avait laissé infuser des matières organiques. Quelle était l'origine de ces animalcules? Les uns l'attribuèrent simplement à une
génération spontanée; d'autres l'expliquèrent en
supposant le transport par l'air de germes provenant d'êtres semblables et déposés dans l'eau.

Fig. 1. — Eau contenant des infusoires et des algues
microscopiques *.

* a, a, a, Infusoires actinophriens à différents degrés de développement,
260/1 ; b, débris de *Gromia fluviatilis* (?) 435/1 ; c, fragments de carbonate
de chaux, 435/1 ; d, *Navicula viridis* (algue de la famille des Diatomées),
435/1 ; e, *Grammatophora marina*, 435/1 ; f, probablement *Euglena viridis*
(infusoire de la famille des Eugléniens) à l'état d'enkystement, 435/1 ; g,
Pinnata conferva (algue de la famille des Conferves), 780/1 ; h, h, h, détri-
tus de végétaux, 65/1 ; il, fragments de substances carbonatées ; j, partie
d'un filament d'une algue conferve, montrant les différentes dispositions
du protoplasma dans les anciennes et les nouvelles cellules, 435/1 ; k, partie de feuille de mousse, 102/1 ; l, *Grammatophora marina*, 435/1 ; m, spores
et zoospores, 435/1 ; n, *Diatoma hyalinum* (algue de la famille des Diatomées,
435/1 ; o, cellule avec protoplasma en voie de division, 435/5. — p, *Oxy-
tricha lingua* (infusoire, famille des Acinétiens), 260/1 ; q, rotifère vulgaire
petit, 108/1 ; r, anguillule fluviatile, 108/1 ; s, *Peranema globosa*, 108/1 ;
t, embryon d'un zoophyte (?) 108/1 ; u, *Arthrodesmus incus*, 435/1 ; v, *Sce-
nedesmus obtusus*, 780/1 ; w, *Oscillaria lævis* (algue de la famille des Oscil-
laires), 780/1 ; x, *Homæocladia filiformis*, 435/1 ; y, *Ankistrodemus falcatus*,
431/1 ; z, zoospores, 435/1. Dessiné à la chambre claire.

On sait qu'il y a dans l'air des poussières composées de myriades de corpuscules qui y sont en

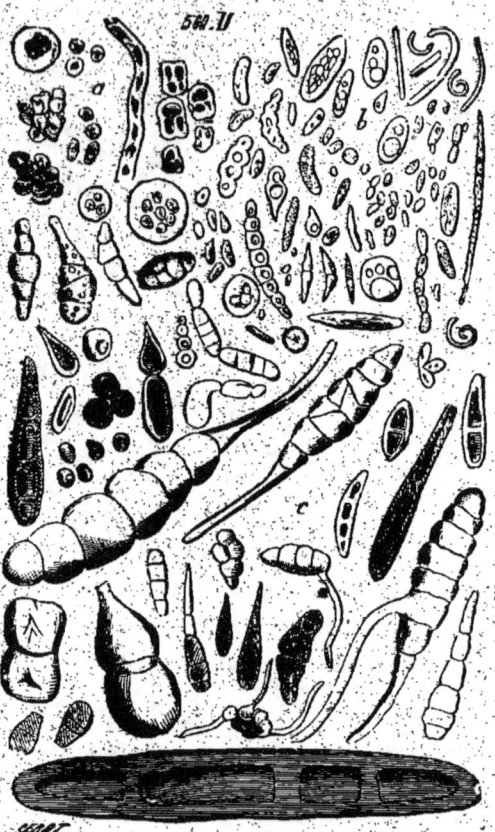

Fig. 2. — Corpuscules et spores atmosphériques (Miquel).

suspension (fig. 2). Les corpuscules sont les uns
inorganiques, d'origine minérale, les autres organisés, d'origine soit végétale, soit animale, et

parmi ceux-ci se trouvent beaucoup de germes
divers. Ces poussières de l'air ont fixé particulièrement l'attention dans ces dernières années à
cause de l'intérêt qu'elles présentent au point de vue
de l'hygiène, mais avant qu'on en fît une sérieuse
étude, leur existence était bien connue, car on les
voit nettement apparaître sur le trajet d'un rayon
de soleil pénétrant dans nos appartements, comme
chacun a eu l'occasion de l'observer. Ces poussières renferment en quantité très variable, mais
souvent énorme, les petits organismes, nommés
Microbes, dont la Science moderne a reconnu le
rôle immense comme causes d'un grand nombre
de maladies; aussi les recherches microbiologiques
ont-elles pris en Médecine une importance capitale.
On doit à M. Miquel de remarquables observations
sur les poussières organisées de l'atmosphère et
les résultats auxquels il est arrivé ont une élo-
quence significative. Ainsi, il a constaté que dans
la banlieue de Paris, à l'Observatoire de Mont-
souris, l'air relativement pur tient en suspension
de 150 à 1000 germes vivants par mètre cube, et
que dans une salle d'hôpital, au centre de la ville,
ce nombre peut aller, suivant les cas, depuis
5000 jusqu'à 30.000 ! Au fur et à mesure qu'on
s'élève dans l'atmosphère le nombre des microbes

diminue en raison de l'éloignement des foyers de
production et à de grandes altitudes, de 2000 à
4000 mètres, il descend à o[1].

Baker et le transport des germes par l'air. — Le
transport par l'air de germes préexistants fut admis
d'abord par un naturaliste anglais, Henri Baker,
qui vivait au XVIIIe siècle et qui interpréta ainsi le
développement des petits animalcules observés
dans l'eau. Ce fut aussi l'opinion de Spallanzani
qui fit de nombreuses expériences en vue de résoudre ce problème biologique, mais sans arriver
à une démonstration absolument probante. Depuis,
cette hypothèse de la préexistence des germes, ou
de la *panspermie* a successivement gagné du terrain;
cependant la doctrine de l'Hétérogénie parut un
moment près de triompher à la suite d'expériences
fort ingénieuses dues à un naturaliste de grande
valeur, M. Pouchet, de Rouen. Ces expériences, en
effet, semblaient donner la preuve de l'apparition d'Infusoires dans des conditions qui devaient
faire écarter comme impossible la présence de tout
germe vivant.

Pasteur et la Panspermie. — C'est en 1860 que
la question fut abordée par Pasteur et que com-

---

[1] P. Miquel, *Les Organismes vivants de l'atmosphère*, Paris, 1883.

mença entre lui et les derniers défenseurs de la génération spontanée la discussion retentissante qui se termina par la condamnation de l'Hétérogénie.

C'est un des chapitres les plus intéressants de l'histoire scientifique moderne que celui des recherches consacrées par l'illustre savant à la solution de ce grand et difficile problème. Il réussit à démontrer péremptoirement que l'existence préalable des germes est la condition nécessaire du développement des animalcules dans l'eau où on les observe, et il put conclure de la manière la plus formelle qu'ils n'y prennent jamais naissance spontanément.

C'est là le résultat qu'il proclamait quand il disait dans une leçon demeurée célèbre : « Non, il n'y a aucune circonstance aujourd'hui connue qui permette d'affirmer que des êtres microscopiques sont venus au monde, sans germes, sans parents semblables à eux. Ceux qui le prétendent ont été le jouet d'illusions, d'expériences mal faites, entachées d'erreurs qu'ils n'ont pas su apercevoir ou qu'ils n'ont pas su éviter. La génération spontanée est une chimère [1]. »

---

[1] Voir sur ce sujet : H. Milne Edwards, *Leçons sur la physiologie et l'anatomie comparée*, Paris, 1863, p. 239 et suiv., et M. Pasteur, *Histoire d'un savant par un ignorant*, Paris, p. 113.

Ainsi, il est maintenant bien établi que, dans la nature, tout individu vivant provient d'un être préexistant doué de vie, c'est-à-dire d'un parent ou générateur : « *Omne vivum ex vivo* ». Ce mode de production constitue la *Génération* proprement dite.

Génération ; Monogonie, ou Génération asexuée.— Qu'est-ce que la génération, et en quoi consiste-t-elle ? Longtemps on n'en a rien su, et malgré le progrès qu'ont fait nos connaissances à cet égard, bien des points restent encore obscurs pour nous dans ce mystérieux phénomène. On est arrivé toutefois à en déterminer la nature et à reconnaître qu'il constituait, en somme, un cas particulier de la fonction générale, caractéristique de tout être qui vit, la *Nutrition*. On sait que celle-ci consiste dans un double mouvement de composition et de décomposition qui s'accomplit au sein des corps organisés, et en vertu duquel la matière dont ils sont formés se renouvelle incessamment, tour à tour détruite et remplacée par des emprunts faits au milieu extérieur. Il y a d'une part élimination des matériaux usés par le jeu de la vie, et d'autre part assimilation de substances puisées au dehors; ces deux fonctions peuvent se faire équilibre; dans certains cas l'une l'emporte sur l'autre. Ainsi on voit au début de leur existence, les êtres vivants se développer et s'accroître jusqu'à ce qu'ils aient atteint la forme qui leur appartient ; cette croissance est le résultat de l'assimilation puissante qui se fait à cette période de la vie. Chez l'adulte, qui a cessé de croître, la nutrition conservant son activité, il y a surabondance de matériaux assimilés dont le surplus reçoit alors une destination diffé-

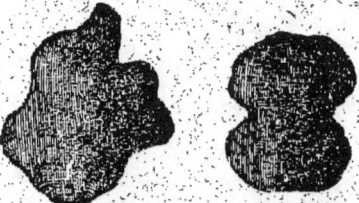

Fig. 3. — Monère, *Protamœba.*

rente et sert à former les éléments constitutifs d'individus nouveaux qui se sépareront du premier ; il y a ainsi reproduction ou génération. Ces phénomènes s'observent avec la plus grande netteté chez les êtres les plus inférieurs qui sont simplement formés par une petite masse de matière vivante, ou de *protoplasma,* chez les Monères qui nous sont connues par les belles études d'Hæckel. (fig. 3).

« La plupart des Monères, dit le savant professeur d'Iéna, sont de petites boules muqueuses, invisibles à l'œil nu, ou, si elles sont visibles, de la grosseur d'une tête d'épingle. Quand la monère se met en mouvement il se forme à sa surface des

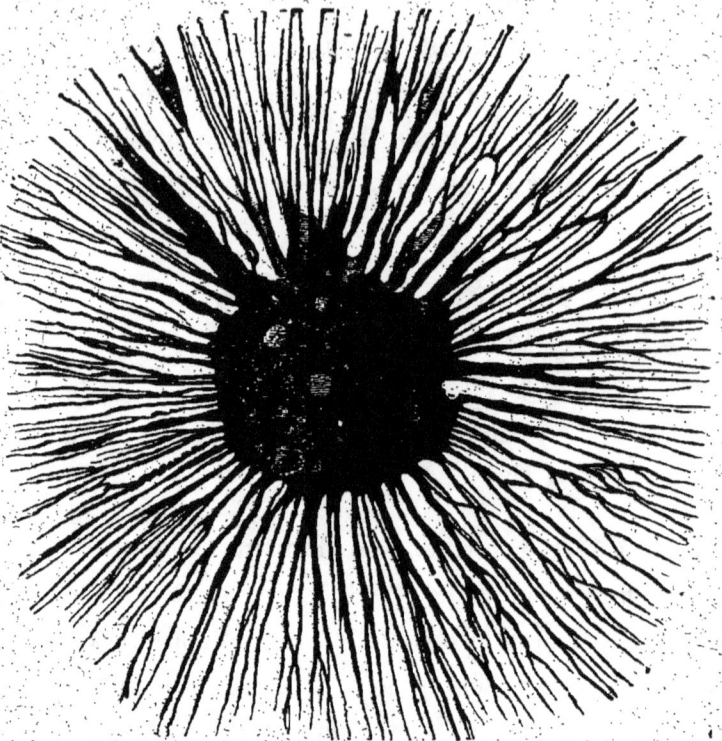

FIG. 4. — *Protomyxa aurantiaca*,
émettant des pseudopodes par tous les points du corps.

saillies digitées, informes, ou ayant quelquefois l'aspect de rayons très fins (fig. 4) ; on les appelle *pseudopodes*. — Ces semblants de pieds sont des prolongements simples, immédiats de la masse albumineuse amorphe, constituant le corps entier de la monère. Il nous est impossible de distinguer dans cette monère des parties hétérogènes, et nous pouvons tirer la preuve directe de la simplicité absolue de cette masse albuminoïde semi-fluide du mode même de nutrition de la monère, que nous voyons fonctionner au microscope. S'il arrive, par exemple, que quelques corpuscules propres à la nutrition de la monère, des débris de corps organisés, des plantes microscopiques, des animalcules infusoires, se trouvent accidentellement en contact avec elle, ils adhèrent à la surface visqueuse de la petite masse semi-fluide, y provoquent une irritation, d'où résulte un afflux plus considérable, en ce point, de la substance colloïde constituant le corps, et en fin de compte, sont entièrement englobés ; ou bien le simple déplacement du corps visqueux de la monère suffit pour que les corpuscules dont nous parlons pénètrent dans la masse, et là ils sont digérés et absorbés par simple diffusion.

« La reproduction de ces êtres primitifs, que l'on ne saurait appeler, à proprement parler, ni animaux, ni végétaux, est aussi simple que leur nutrition. Toutes les monères se reproduisent par le procédé le plus simple qui est celui de la division ou *scissiparité*. Quand un de ces petits corpuscules muqueux, par exemple une *Protamœba* ou un *Protogenes*, a acquis une certaine grosseur par l'absorption d'une matière albuminoïde étrangère,

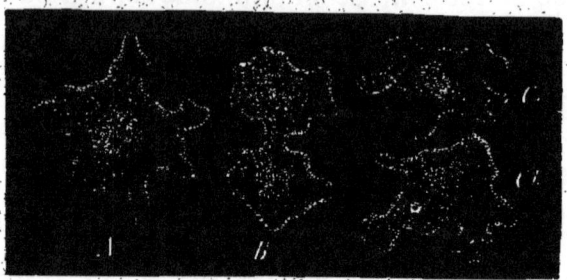

Fig. 5. — Monère en voie de division *.

alors il tend à se diviser en deux parties; il se forme autour de lui un étranglement annulaire, entraînant finalement la séparation des deux moitiés (fig. 5). Chaque moitié s'arrondit aussitôt; c'est désormais un individu distinct, au sein duquel recommence de nouveau le jeu fort simple des phénomènes vitaux, la nutrition et la reproduction. Chez d'autres monères (*Vampyrella*), le corps se subdivise par la reproduction non pas en deux, mais bien en quatre parties égales, et chez d'autres encore (*Protomonas, Protomyxa, Myxastrum*)

* Reproduction par scissiparité d'une Monère. A, une monère entière *(Protamœba)*. — B, la même en voie de division. — C, les deux moitiés complètement séparées (Hæckel).

en un grand nombre de globules muqueux, qui, par simple accroissement, acquièrent le volume de leurs parents. On voit ici bien nettement que l'acte de reproduction n'est *qu'un excès de croissance de l'organisme qui débasse son volume normal* ».

C'est là la forme la plus simple de génération *asexuée (Monogonie* de Hæckel [1]), c'est-à-dire de cette génération dans laquelle une portion de la substance dont le corps du parent est formé, possédant par elle-même la faculté de vivre d'une vie propre, se sépare de lui pour constituer un nouvel individu. Ce mode de reproduction par division est en réalité le plus général, car c'est par lui que se multiplient les éléments organiques, ou *cellules*, qui, agglomérées en grand nombre, composent les organismes d'ordre plus élevé.

La cellule et sa multiplication. — Toute cellule organique est constituée par un globule de protoplasma au sein duquel se trouve un corps différencié, circonscrit, qu'on appelle *nucleus*, ou noyau de la cellule ; celui-ci renferme parfois un ou même plusieurs corpuscules nommés *nucléoles*. Souvent la cellule est entourée d'une membrane plus ou

---

[1] E. Hæckel, *Histoire de la création*, Paris, 1874, p. 166.

moins consistante, produite par modification de sa couche superficielle et lui formant une enveloppe protectrice (fig. 6).

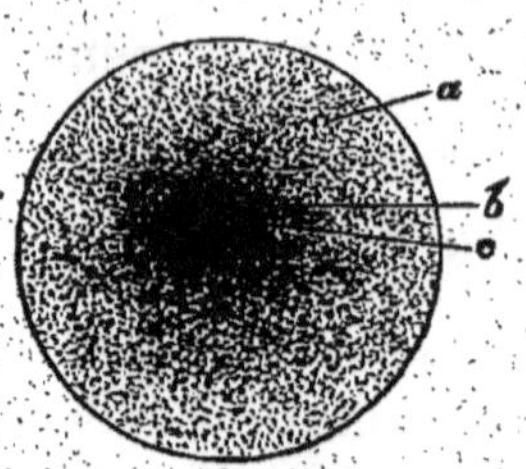

Les cellules se multiplient par un procédé de division analogue à celui que nous avons observé chez les Monères. Le noyau cellulaire se sépare d'abord en deux moitiés qui s'écartent l'une de l'autre et chacun des nouveaux noyaux ainsi formés entraîne autour de lui une portion du protoplasma

Fig. 6. — Cellule type *.

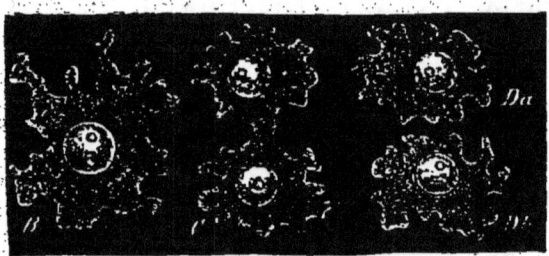

Fig. 7. — Reproduction par division d'une *Amœba* **.

de la cellule-mère qui s'étrangle et puis se divise, donnant ainsi naissance à deux cellules semblables

* *a*, protoplasma granuleux; *b*, noyau; *c*, nucléole.

** *Amœba* constituée par une simple cellule, B, qui a déchiré et quitté la membrane cellulaire. — C, la même commençant à se diviser ; son noyau s'est partagé en deux et le protoplasma est divisé par un étranglement. — D, la séparation est complète entre les deux moitiés (D*a*, D*b*). D'après Hæckel, *Création naturelle.*

à la première (fig. 7). Mais la division cellulaire ne se fait pas toujours aussi simplement et n'est pas *directe*, comme dans le cas que nous venons d'indiquer ; le plus souvent elle est *indirecte* et s'accompagne d'une série de phénomènes particuliers qu'on désigne sous le nom de *Karyokinèse*.

Karyokinèse. — Schleicher a appelé ainsi (de κάρυον, noyau, κίνησις, mouvement) le processus dont le noyau est le siège et qui conduit à la division de la cellule. Il n'y a guère qu'une quinzaine d'années qu'on a commencé à observer des faits de karyokinèse, mais ils ont été depuis l'objet de recherches nombreuses dues principalement à Strasburger, Flemming, Hermann Fol, Guignard, Henneguy, etc., et ils sont aujourd'hui bien connus, grâce aux publications de M. Mathias Duval et de M. Gilis. Nous ne saurions ici les décrire avec détails ; nous en indiquerons seulement les points essentiels.

Quand une cellule va entrer en division indirecte, on voit des modifications se produire dans le noyau. Celui-ci présente, en temps ordinaire à l'état statique ou de repos, un réseau de granulations ou éléments figurés (charpente nucléaire), formés d'une substance dite *chromatique,* parce qu'elle se colore fortement au contact des réactifs histologiques colorants, et une substance intermédiaire amorphe dite *achromatique*, parce que, soumise aux mêmes agents, elle reste incolore.

Au début de la karyokinèse, on voit la substance chromatique constituer un filament pelotonné qui d'abord est continu *(spirème)*, et pendant que se forme ce peloton les nucléoles disparaissent (fig. 8, A). Le filament se fragmente ensuite en un certain nombre de bâtonnets et ceux-ci viennent se grouper dans la zone équatoriale du noyau où ils forment ce qu'on a nommé la *plaque nucléaire*. En même temps, on voit apparaître des filaments achromatiques disposés en *fuseau* qui, partant de la plaque nucléaire, convergent de chaque côté vers deux points opposés du noyau, ou *pôles*. La membrane nucléaire disparaît sur ces entrefaites et le protoplasma cellulaire se mélange avec le suc nucléaire.

Les bâtonnets se présentent, en général, dans la plaque nucléaire recourbés en anse, avec l'aspect d'U ou de V (fig. 8, B) et orientés de façon que les branches en sont tournées vers la périphérie, ce qui donne à l'ensemble la figure d'une étoile (phase étoilée de l'*aster* unique, ou *monaster*). Chacun des bâtonnets se dédouble alors en se divisant suivant sa longueur (fig. 8, C, D), et chacune des deux moitiés ainsi formées, se mouvant

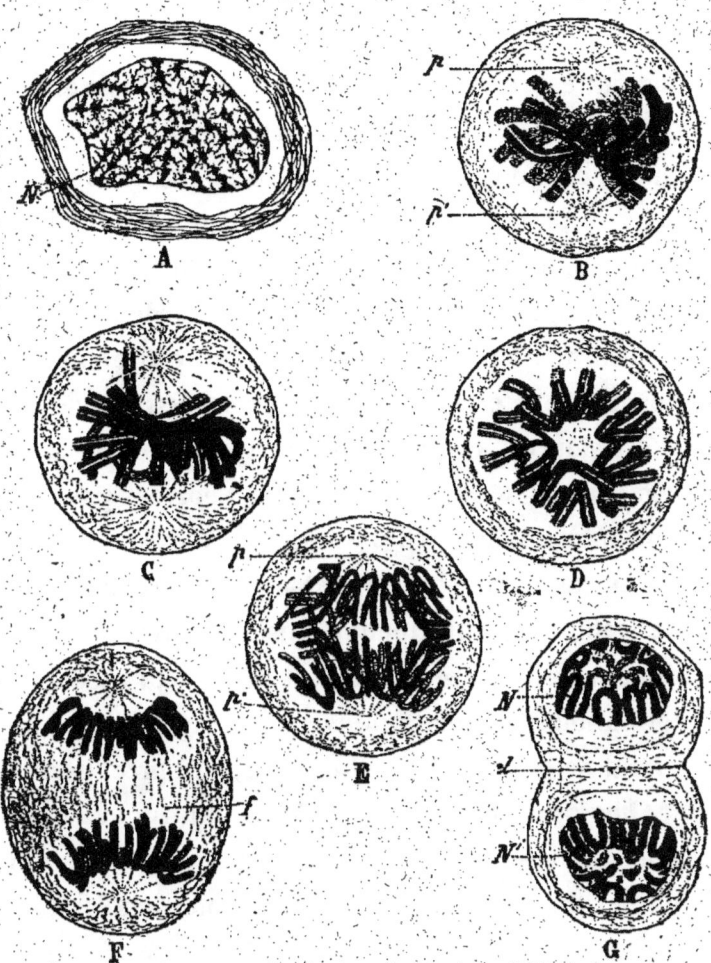

Fig. 8. — Cellules de l'épiderme de *Salamandra maculosa* en voie
de division karyokinétique *.

* A, cellule au repos, montrant dans son noyau N le filament nucléaire
pelotonné et ses granulations de chromatine ; B, le noyau s'est condensé et
raccourci, puis divisé en un certain nombre de fragments en forme d'U. Des
filaments d'hyaloplasme se disposent autour des deux pôles p et p' ; C, division longitudinale des V ; D, le même stade vu du pôle supérieur, montrant la disposition des V *(aster)* ; E, séparation des V ; F, ils s'acheminent
vers chacun des pôles en suivant les filaments directeurs *f* ; Q, constitution
des deux nouveaux noyaux N et N' et formation de la cloison mitoyenne *cl*
(Rabl).

dans une direction inverse, se rend à un pôle différent (fig. 8, E, F). Les segments, qui se portent
ainsi à chaque pôle, où ils constitueront les *noyaux-
filles*, y présentent d'abord une disposition étoilée
(*diaster*), puis se réunissent en un filament pelotonné *(dispirème)* qui, lui-même, ne tarde pas à se
transformer en un réseau nucléaire, charpente du
noyau-fille. Cette division du noyau est suivie de
la division du protoplasma cellulaire qui se par-
tage entre les deux cellules-filles, séparées par une
cloison mitoyenne (fig. 8, G).

Les organismes élémentaires représentés par
des cellules se multiplient ainsi par division, soit
directe, soit indirecte, et c'est là le seul mode de
formation d'éléments nouveaux. Toute cellule qui
prend naissance provient d'une cellule préexistante
« *Omnis cellula e cellula* ». Au début, on avait cru
que ces éléments pouvaient apparaître au sein
d'une matière amorphe, fluide ou demi-fluide,
qu'on appelait Blastème ou Cytoblastème « ayant,
grâce à sa composition chimique et à son degré de
vitalité, le pouvoir de donner naissance à de nouvelles cellules, » mais, à la suite des travaux de
Remak et de Virchow, cette manière de voir a été
abandonnée et l'hypothèse de la formation libre
des cellules a été définivement rejetée.

Scissiparité. — *Trembley et l'Hydre d'eau douce.*
— Ce ne sont pas seulement les êtres primordiaux
cellulaires qui peuvent être produits par simple
division du parent, ou générateur. Ce phénomène
s'observe souvent chez des animaux d'une organisation plus complexe, constitués par l'aggloméra-
tion d'un grand nombre de cellules plus ou moins
différenciées. Ce mode de reproduction par *Scissiparité*, ou *Fissiparité*, a été constaté, par exemple,
chez les Coralliaires. Beaucoup de Coraux, en
effet, se multiplient par simple division, l'organisme parvenu à une certaine limite de croissance
se scindant en deux moitiés qui deviennent chacune un individu complet. Des faits de ce genre
peuvent être provoqués artificiellement chez certaines formes animales, par exemple, chez l'Hydre,
ou Polype d'eau douce, que les expériences de
Trembley ont rendu célèbre.

Les Hydres sont des animaux de très petite taille
qui furent observés pour la première fois en 1703
par Leeuwenhoek, mais qui n'ont été bien connus
que par les travaux de Trembley publiés en 1744[1].

[1] *Mémoires pour servir à l'histoire d'un genre de Polypes d'eau douce, à
bras en forme de cornes*, ouvrage in-4 publié à Leyde et accompagné
de belles planches gravées par Lyonnet, qui fut lui-même un naturaliste distingué.

Les petits êtres observés par Trembley se rencontrent fixés aux Lentilles d'eau, ou autres plantes aquatiques; ils n'ont que quelques millimètres de long et consistent en un corps délié, cylindrique.

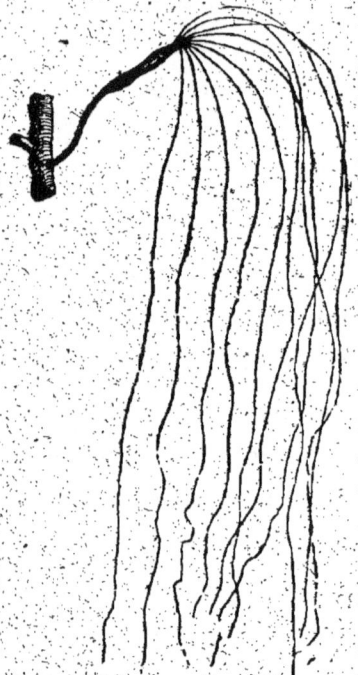

FIG. 9. — Hydre à longs bras de Trembley.

creusé à l'intérieur d'une cavité digestive dont l'orifice, placé à l'une des extrémités, est entouré de tentacules, ou bras extensibles, parfois très longs (Hydre à longs bras) (fig. 9). L'extrémité du

corps opposée à la bouche est pleine, et c'est par
elle que le Polype est suspendu aux corps sur lesquels on le trouve fixé.

Tout était énigmatique pour Trembley dans la
nature de ces êtres singuliers quand il commença
à les observer, et il ne sut d'abord s'il avait affaire
à des animaux ou à des végétaux. Voici comment
il raconte la découverte qu'il en fit et ses premières
remarques à leur sujet :

« Dès le premier été que j'ai passé à Sorgvliet,
maison de campagne de M. le comte de Bentinck,
située à un quart de lieue de La Haye, j'y ai trouvé
des Polypes. Ayant remarqué divers petits animaux
sur des plantes que j'avais tirées d'un fossé, je mis
quelques-unes de ces plantes dans un grand verre
plein d'eau, que je plaçai sur la tablette intérieure
d'une fenêtre, et je m'occupai ensuite à considérer
les insectes qui y étaient renfermés. J'y en aperçus
bientôt un grand nombre, fort communs à la
vérité, mais dont la plupart m'étaient inconnus.
Un spectacle aussi nouveau que celui que m'offri-
rent ces petits animaux, excita ma curiosité. En
parcourant des yeux ce verre si peuplé d'Insectes,
je remarquai un Polype qui était fixé sur la tige
d'une plante aquatique. Je n'y fis pas d'abord
beaucoup d'attention : je suivais de petits insectes

dont la vivacité était plus propre à attirer mon attention qu'un objet immobile et qui, lorsqu'on ne le regardait qu'en passant, ne pouvait guère qu'être pris pour une plante... »

« Les Polypes que j'ai connus les premiers sont d'un assez beau vert (il s'agissait de l'espèce appelée Hydre verte, *Hydra viridis*). Les premières fois que je considérai ces petits corps, je les pris pour des plantes parasites qui croissaient sur les autres plantes. Leur figure, leur couleur verte et leur immobilité me firent naître cette idée de plante. C'est aussi la première qu'ils ont éveillée dans l'esprit de plusieurs personnes qui les ont vus pour la première fois dans leur attitude la plus commune. »

Cependant Trembley observa que ces prétendues plantes étaient susceptibles de mouvement.

« Le mouvement des bras des Polypes est le premier, dit-il, que j'aie remarqué. Ils les courbaient et les contournaient lentement en différents sens. Dans l'idée que j'avais que c'étaient des plantes, je ne pouvais guère penser que ce mouvement, que j'observais dans ces fils déliés qu'ils avaient à une de leurs extrémités, leur fût propre, et cependant il paraissait tel et nullement l'effet de l'agitation de l'eau.

« Je remuai un jour tant soit peu le verre dans lequel ils étaient pour voir quel effet le mouvement que l'eau recevrait par là produirait sur leurs bras. Je ne m'attendais nullement à celui qu'il produisit. Au lieu de voir, comme je m'y attendais, les bras et le corps même des Polypes simplement agités dans l'eau et entraînés par son mouvement, je les vis se contracter subitement et si fort que le corps des Polypes ne parut qu'un grain de matière verte, et que les bras disparurent entièrement à mes yeux. J'en fus surpris, et cette surprise ne servit qu'à exciter ma curiosité et à faire redoubler mon attention. Comme je parcourais sans cesse de l'œil, aidé d'une loupe, plusieurs des Polypes que j'avais fait contracter, j'en vis bientôt qui commençaient à s'étendre ; leurs bras redevinrent sensibles, et peu à peu ces Polypes reprirent leur première forme.

« Cette contraction des Polypes et tous les mouvements que je leur voyais faire lorsqu'ils s'étendaient de nouveau, réveillèrent vivement dans mon esprit l'idée d'un animal. »

Trembley fut confirmé dans cette idée en voyant que les Polypes pouvaient se déplacer par un mouvement de translation qu'il a observé et décrit avec beaucoup de soin.

« Je trouvai au bout de quelques jours, dit-il,
plusieurs Polypes fixés contre les côtés du verre,
à un endroit où je n'en avais encore point vu, et
où certainement il n'y en avait point eu d'abord.
Je m'aperçus bientôt comment ils y étaient venus.
Plusieurs marchèrent sur les parois du verre pendant que je les observais. La vue de ce mouvement progressif des Polypes acheva de me persua-
der qu'ils étaient des animaux. »

L'étude entreprise par Trembley lui réservait
bien d'autres surprises, au point que les faits extraordinaires qu'il lui était donné de constater lui
paraissaient à peine croyables.

« Ils ont besoin, dit-il, de plus d'un témoin
oculaire pour être crus. C'est ce que j'ai senti dès
que je les ai vus. J'avais d'abord de la peine à en
croire mes propres yeux, et je devais, à plus forte
raison, penser que d'autres auraient de la peine à
les en croire » (p. 2).

Comment, en effet, aurait-il pu voir sans étonnement se produire le phénomène qu'il découvrit
de la multiplication de ces animaux par division
artificielle? La première expérience qui lui permit
de constater ce fait avait été entreprise par lui en
vue de déterminer si ces petits êtres étaient de
nature animale ou végétale, car, dans sa pensée,

si c'étaient des animaux, ils ne devaient pas pouvoir être divisés sans périr.

« Je m'attendais, dit-il, à voir mourir ces Polypes coupés. J'en coupai un transversalement et un peu plus près du bout antérieur que du postérieur. La première partie était donc un peu plus courte que la seconde. Dans l'instant que je coupai le Polype, ces deux parties se contractèrent, en sorte qu'elles ne parurent d'abord au fond du verre dans lequel je les mis que comme deux petits grains de matière verte. Ces deux parties s'étendirent le jour même que je les séparai. Elles étaient très faciles à distinguer l'une de l'autre. La première avait son bout antérieur garni de ces fils déliés qui servent de pieds et de bras aux Polypes, et la seconde n'en avait point.

« L'extension de la première partie ne fut pas le seul signe de vie qu'elle donna le jour même qu'elle fut séparée de l'autre. Je lui vis remuer ses bras et le lendemain je trouvai qu'elle avait changé de place, et peu après je lui vis faire un pas. La seconde partie était étendue, comme le jour précédent, à la même place. Je secouai un peu le verre pour voir si elle était encore en vie. Ce mouvement la fit contracter, d'où je jugeai qu'elle vivait. Peu de temps après elle s'étendit de nou-

veau. Je ne regardai cependant le mouvement de
ces deux moitiés du même Polype que comme les
signes d'un faible reste de vie.

« J'observais à la loupe, plusieurs fois chaque
jour, ces portions de Polype. Le neuvième jour
après avoir coupé celui-ci, il me sembla, le matin,
apercevoir sur les bords du bout antérieur de la
seconde partie, de celle qui n'avait ni tête, ni bras,
il me sembla, dis-je, apercevoir trois petites pointes
qui sortaient de ces bords. Elles étaient précisément où auraient dû être les bras, si cette seconde
partie avait été un Polype complet. Je ne voulus
pas cependant déjà décider que c'en fût, en effet,
qui commençassent à pousser. Pendant toute la
journée j'aperçus toujours ces pointes.

« Cela m'animait extrêmement, et j'attendais
avec impatience le moment où je saurais clairement ce qu'elles étaient. Enfin, elles se trouvè-
rent assez grandes pour qu'il n'y eût plus lieu
de douter qu'elles ne fussent véritablement des
bras qui croissaient à l'extrémité antérieure de
cette seconde partie. Le jour suivant deux nouveaux bras commencèrent à sortir et quelques
jours après il en vint encore trois. Cette seconde partie en eut alors huit qui furent tous
en peu de temps aussi longs que ceux de la pre-

mière partie, c'est-à-dire que ceux qu'avaient le Polype avant qu'il fût coupé.

« Je ne trouvai plus alors de différence entre cette seconde moitié et un Polype qui n'avait jamais été coupé. C'est ce que j'avais remarqué à l'égard de la première dès le lendemain de l'opération. Toutes deux paraissaient sensiblement être chacune un Polype complet et elles en faisaient toutes les fonctions: elles s'étendaient, se contractaient et marchaient. »

Ainsi, quand on divise le corps d'un Polype, non seulement chaque fragment continue à vivre isolément, mais il constitue bientôt un nouvel individu semblable à celui dont il faisait partie. Trembley put couper une Hydre en cinquante morceaux qui devinrent autant d'individus nouveaux.

Trembley fit part de ses curieuses observations, à différentes personnes, notamment à Réaumur, qui avait une autorité particulière en ces matières. C'est lui qui, ayant reçu, pour les examiner, des animaux envoyés par Trembley, leur donna le nom de *Polypes*. Il répéta avec succès les expériences que celui-ci avait faites sur leur division et il écri-

---

[1] Trembley, *loc. cit.*, p. 9-15.

vait à ce sujet [1] : « J'avoue pourtant que lorsque je
vis pour la première fois deux Polypes se former
peu à peu de celui que j'avais coupé en deux, j'eus
de la peine à en croire mes yeux, et c'est un fait
que je ne m'accoutume point à voir après l'avoir
vu et revu cent et cent fois. »

Les observations de Trembley méritaient bien
tout l'intérêt et toute l'attention qu'elles provo-
quèrent de la part des naturalistes, non seulement
à cause de ce qu'elles offraient d'inattendu et de
curieux, mais surtout à cause de la grande portée
qu'elles avaient pour la connaissance de la nature
des êtres vivants. Quand on songe aux moyens
dont on disposait pour ce genre de recherches à
l'époque où elles ont été faites, on ne peut trop
admirer l'habileté, la patience et la sagacité de leur
auteur.

Gemmiparité. — A la fissiparité se rattache un
mode de reproduction qui n'en est qu'une forme
dérivée; c'est la reproduction par bourgeons, ou
Gemmiparité. Elle consiste dans la formation d'un
nouvel être par le développement d'une partie
limitée de l'organisme générateur (fig. 10).

« La reproduction par bourgeonnement, dit

---

[1] Préface du sixième tome de ses *Mémoires sur l'histoire des Insectes*.

Hæckel, diffère de la reproduction par division simple, essentiellement en ce que les deux orga-

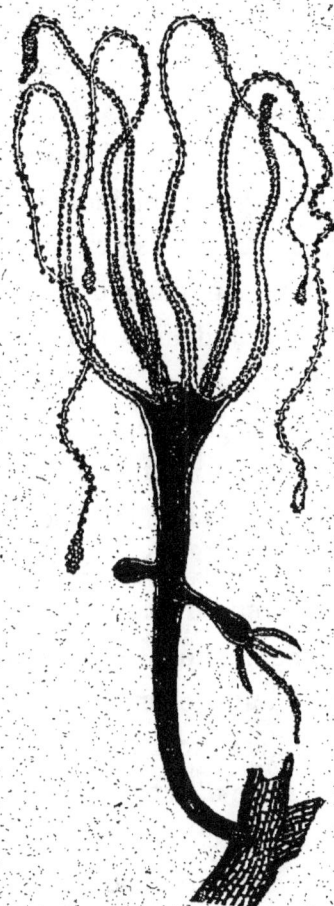

Fig. 10. — *Hydra fusca*, portant deux bourgeons.

nismes produits par la gemmation ne sont pas du même âge et par conséquent ne sont pas identiques au début de leur existence, comme il arrive dans la fissiparité. Dans ce dernier cas, nous ne pouvons évidemment considérer l'un des deux individus nouvellement produits comme l'aîné, comme le générateur, puisque l'un et l'autre ont pris une part égale de l'individu, à qui ils doivent leur origine. Au contraire, quand un individu pousse un bourgeon, alors le second est bien le produit du premier. Tous deux sont d'âge différent, par conséquent aussi leur grandeur et leur forme ne sont pas identiques. Quand, par exemple, une cellule se reproduit par bourgeonnement, on ne la voit point se diviser en deux moitiés égales, mais il se forme en un point de sa surface une proéminence grossissant toujours, qui diffère plus ou moins de la cellule-mère et prend un développement qui lui est propre. De même, nous remarquons dans la gemmation, soit d'une plante, soit d'un animal, qu'en un point de l'individu pleinement développé il se produit une sorte d'hypertrophie locale, grossissant de plus en plus et se différenciant aussi plus ou moins, dans sa croissance indépendante, de l'organisme générateur. Plus tard, quand le bourgeon a atteint un certain volume, il peut, ou se détacher complètement du générateur primordial, ou lui demeurer uni et former une sorte de rameau ayant néanmoins une vie indépendante. La croissance, qui prépare la reproduction par fissiparité, est générale; elle se fait dans l'organisme tout entier; au contraire, dans le bourgeonnement, il y a seulement une croissance partielle, n'intéressant qu'une partie de l'organisme générateur[1]. » Ce genre de reproduction est fréquent chez les Zoophytes, les Bryozoaires, les Vers et les Tuniciers.

Colonies animales. — Les individus nouveaux produits par division ou par bourgeonnement, tantôt se séparent du générateur qui leur a donné naissance et ont alors une vie indépendante de la sienne, et tantôt lui restent unis, formant ainsi un ensemble d'individus associés, plus ou moins solidaires les uns des autres, auquel on a donné le nom de *Colonie animale;* c'est ce qu'on observe chez un grand nombre de Polypes (fig. 11). Les individus réunis en colonies ont d'ordinaire leurs cavités digestives qui communiquent entre elles, d'où résulte une véritable communauté d'existence. Chaque Polype a sa vie propre, mais participe en outre, dans une mesure variable, à la vie sociale du groupe dont il fait partie; cette participation prend aussi des formes diverses. Dans certains cas

[1] Hæckel, *Histoire de la création des êtres organisés*, édition française, Paris, 1874, p. 172.

la colonie se compose d'individus ayant le même rôle, remplissant les mêmes fonctions et semblables entre eux (fig. 11), mais d'autres fois, par une

Fig. 11. — Corail avec polypes épanouis (d'après Lacaze-Duthiers).

véritable division du travail physiologique, des fonctions spéciales sont dévolues à des individus particuliers qui se différencient dans leur forme, selon le rôle dont ils sont chargés. Ainsi, dans les colonies d'Hydractinies, par exemple, on distingue diverses catégories d'individus qu'on appelle, d'après leur fonction : *nourriciers, préhenseurs, reproducteurs* (fig. 12).

C'est ce qu'on observe aussi dans les colonies flottantes de Siphonophores, curieux animaux

marins, aux formes singulières, ressemblant parfois
à de véritables guirlandes. Chacune de ces sociétés
comprend plusieurs sortes d'individus qui rem-
plissent un rôle différent. Les uns sont spéciale-

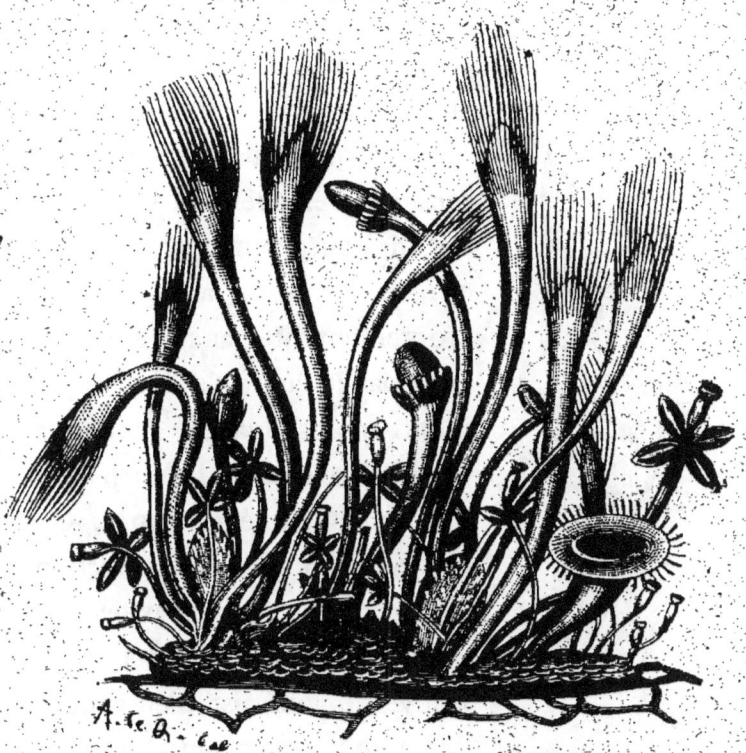

Fig. 12. — Fragment d'une colonie de polypes d'Hydractinie.

ment affectés à la nutrition, d'autres à la reproduction, quelques-uns servent d'organes locomo-

teurs et sont désignés sous le nom de *vésicules*, ou *cloches natatoires*.

Une autre forme de reproduction asexuée, très voisine de la Gemmiparité, est celle qui consiste  dans la formation de germes, ou bourgeons germinaux, qui se constituent à l'intérieur du corps, et se séparent de l'organisme générateur quand ils ont acquis un certain développement. C'est une sorte de bourgeonnement interne, qui se sépare de la gemmation proprement dite par son siège, et aussi par le degré de développement moins avancé auquel le nouvel être se détache du parent qui lui a donné naissance. On observe ce mode de reproduction chez certains vers parasites, appelés Trématodes, dont l'un, la Douve du foie, est bien connu, parce qu'il se rencontre souvent chez l'homme (fig. 13).

Fig 13. — Sporocyste de Douve. Reproduction par gemmiparité interne.

Quelquefois le germe est constitué par une seule cellule, dite *cellule germinative*, qui possède la faculté de se développer par elle-même pour former un être nouveau. C'est ce qui a lieu particulièrement chez les végétaux cryptogames, où ces cellules sont désignées sous le nom de *spores*.

Parthénogénèse. — Des germes de cette sorte se rencontrent aussi chez certains animaux susceptibles de se reproduire suivant un mode de génération agame, connu sous le nom de *Parthénogénèse*, ou reproduction virginale. En pareil cas, on voit des individus nouveaux prendre naissance par le développement de cellules germinatives, sans qu'il soit besoin, comme dans la génération sexuée, de l'intervention d'un autre élément générateur. Des exemples de Parthénogénèse se rencontrent chez un certain nombre d'Insectes, et en particulier chez les Pucerons, sur lesquels Bonnet constata pour la première fois ce curieux phénomène (1745). Ces Insectes, bien connus des agriculteurs par les dégâts qu'ils produisent, quand ils se multiplient en quantités parfois innombrables sur les végétaux qui les nourrissent, sont les uns ailés, pourvus de quatre ailes délicates, et les autres *aptères*, c'est-à-dire sans ailes (fig. 14 et 15).

On savait depuis Leeuvenhoek que parmi ces petits animaux il y en a qui sont vivipares, mais on ignorait que ceux-ci se reproduisaient sans le concours du mâle. C'est ce que Bonnet reconnut en isolant un individu aussitôt après sa naissance, et il constata qu'un certain nombre de générations (il en compta neuf) peuvent ainsi se succéder par reproduction agame. Les choses ne se passent pas autrement dans la nature. Pendant tout l'été on n'observe que des pucerons asexués, vivipares, qui se multiplient par parthénogénèse ; en automne seulement,

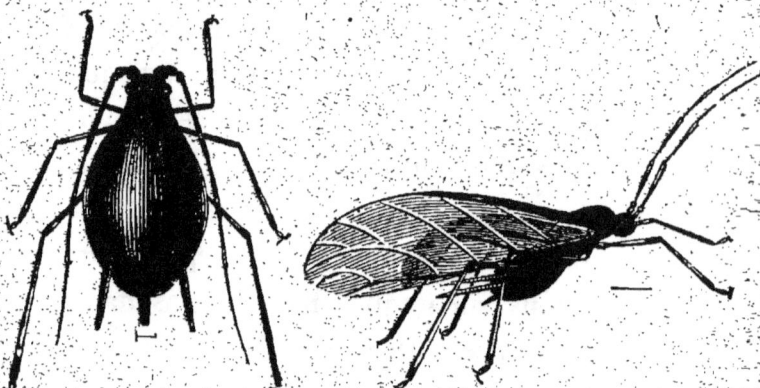

Fig. 14. — Puceron aptère.　　　Fig. 15. — Puceron ailé.

il naît des femelles sexuées et des mâles, ceux-ci généralement ailés ; les femelles s'accouplant alors pondent des œufs qui traversent l'hiver, pour éclore au printemps suivant, et ne fournissent de nouveau que des individus asexués vivipares. Des phénomènes analogues ont été observés depuis chez d'autres animaux, les Psychés, les Abeilles, etc., parmi les Insectes; les Daphnies, parmi les Crustacés.

On voit donc ici une cellule spéciale, sorte d'ovule agamogénique, appelé *pseudovum*, douée de la faculté de se développer pour donner naissance à un nouvel individu. Cette forme de reproduction asexuée établit le passage avec un second mode de génération, qui exige le concours de deux éléments cellulaires différents pour la production d'un être nouveau; c'est la génération sexuelle dont l'étude fera l'objet du prochain chapitre.

CHAPITRE II

GÉNÉRATION SEXUELLE

Nécessité du concours de deux éléments, l'un mâle, l'autre femelle;
fécondation. — Expériences de Spallanzani. — Les spermatozoïdes,
agents de la fécondation. — Expériences de Prévost et Dumas. —
Constitution et nature des spermatozoïdes. — Leur développement,
ou spermatogénèse. — L'œuf ou ovule ; sa découverte par von Baer
chez les Mammifères. — Son origine et sa constitution. — Maturation et fécondation de l'œuf.

*Nécessité du concours de deux éléments, l'un mâle
et l'autre femelle; fécondation.* — Il faut, dans la
plupart des cas, pour que les organismes se reproduisent, le concours de deux éléments générateurs, l'un *mâle*, l'autre *femelle,* dont le premier
doit agir sur le second pour que celui-ci devienne
le point de départ d'un être nouveau. Dans cette
forme de génération, dite *sexuelle,* l'action nécessaire de l'élément mâle sur l'élément femelle, ou
œuf, sans laquelle celui-ci ne peut se développer,
constitue le phénomène de la *fécondation.*

Longtemps, il n'y eut dans la science que des hypothèses erronées sur la nature de ce phéno-mène, qui ne pouvait être connue que par une observation rigoureuse des faits. Les Anciens, comme Hippocrate, Aristote, Galien, croyaient, d'une manière générale, quoique avec des divergences secondaires d'opinion, que la femelle élaborait de même que le mâle une liqueur séminale, et que du mélange de ces deux liqueurs résultait la conception.

Au XVIIe siècle, l'illustre Harvey[1] tenta sur ce sujet des recherches expérimentales, mais les moyens d'investigation dont on disposait alors étaient insuffisants, et il conclut faussement que la fécondation consistait dans l'influence exercée par le liquide séminal du mâle sur l'organisme de la femelle qui, par suite de cette influence, devenait apte à produire des œufs féconds.

Expériences de Spallanzani. — C'est seulement à la fin du siècle suivant (1777) que Spallanzani reconnut, par des expériences décisives, qu'il fallait que l'œuf, pour produire un être nouveau, subît l'action directe de la liqueur séminale[2]. Avant lui

[1] Harvey William, *Exercitationes de generatione animalium*, etc., 1654.

[2] Spallanzani, *Expériences pour servir à l'histoire de la génération des animaux et des plantes*, Genève, 1786.

on savait à la vérité, par les observations de
Swammerdam et de Rœsel, que, chez la Grenouille
et le Crapaud, le mâle féconde les œufs en les ar-
rosant de sa semence, pendant l'accouplement, à
mesure qu'ils sont pondus par la femelle ; on avait
aussi observé que, chez les Poissons, les œufs
déposés par les femelles en des lieux particuliers
ne se développent qu'à la condition d'être baignés
par la laitance que le mâle verse sur eux après la
ponte, sans qu'il y ait aucun rapprochement entre
celui-ci et la femelle. Mais la signification de ces
faits était restée inaperçue, quand Spallanzani,
reprenant leur étude chez les Batraciens, constata
que, si l'on met les œufs pondus par la femelle à
l'abri du contact de la semence du mâle, ces œufs
ne se développent pas. Ce naturaliste fit aussi sur
le Crapaud une remarquable et probante expérience
de fécondation artificielle. Il prit directement dans
l'abdomen d'une femelle des œufs, sur lesquels il
versa de la liqueur séminale tirée des organes d'un
mâle de même espèce, et il vit que ces œufs se
développaient et donnaient naissance à des embryons, comme s'ils avaient été normalement
fécondés. Aujourd'hui, les fécondations artificielles,
couramment pratiquées, servent de base aux procédés employés en Pisciculture pour la multiplica-

tion des Poissons. Il était donc démontré que le contact du sperme avec l'œuf était la condition essentielle de la fécondation, mais on ne savait rien de plus sur la nature du phénomène.

— *Les Spermatozoïdes, agents de la fécondation.* — Un progrès considérable fut réalisé dans cette étude par la découverte du rôle de corpuscules particuliers contenus dans la liqueur séminale comme agents essentiels de la fécondation. L'existence de ces corpuscules, connus aujourd'hui sous le nom de *Spermatozoïdes*[1], avait été signalée depuis longtemps, car elle avait été constatée pour la première fois, en 1677, par Louis Ham, ou Hammen, qui étudia la Médecine à Leyde, puis à Montpellier où il fut reçu Docteur. Il fit part de son observation à Leeuwenhoek qui, après l'avoir vérifiée, la communiqua à la Société royale de Londres[2]. — Leeuwenhoek examina ensuite au microscope le sperme de divers animaux et y trouva en grand nombre ces filaments mobiles qu'il décrivit sous le nom de *Corpuscules*, ou *Animalcules spermatiques*. D'autres naturalistes, après

[1] Ce nom leur fut donné par Duvernoy, dans son cours du Collège de France, en 1845.
[2] Lettre datée de novembre 1677, publiée en 1678 et intitulée : *Observations sur les animalcules de la semence humaine.*

lui, en firent l'objet de leurs recherches, mais ce n'est que beaucoup plus tard, en 1824 seulement, que leur rôle comme agents de la fécondation fut démontré par Prévost et Dumas.

Quand les expériences de Spallanzani eurent établi l'action fécondante de la liqueur séminale, l'idée que cette propriété était due aux Spermatozoïdes qu'elle renferme devait venir naturellement à l'esprit; on connaissait même des faits qui semblaient l'indiquer clairement. Ainsi on savait que chez les jeunes animaux qui ne sont pas encore aptes à la reproduction, et chez certains Hybrides qui sont stériles, comme les Mulets, on ne trouve pas de Spermatozoïdes. Spallanzani fit même des expériences fort bien conçues, desquelles on peut s'étonner qu'il n'ait pas déduit quel était le rôle de ces corpuscules dans la fécondation. Il avait, en effet, constaté que, s'ils étaient tués au moyen de la chaleur, de l'électricité ou de certains agents chimiques, le liquide séminal n'avait plus de pouvoir fécondant, et il avait reconnu que la filtration de ce liquide donnait le même résultat. Cette dernière expérience avait une importance capitale et résolvait la question posée, car la filtration ne pouvait apporter d'autre modification au liquide fécondateur que de lui enlever ses Spermatozoïdes; mais Spallanzani avait vu dans certains cas la fécondation se produire par l'emploi d'une semence qu'il *croyait* dépourvue de tout animalcule spermatique et, trop confiant dans l'exactitude de ses observations, il en avait conclu que les Spermatozoïdes ne sont pas les agents de la fécondation. Dominé par cette idée préconçue, il ne comprit pas la signification de son expérience, pourtant si démonstrative, sur la filtration, expérience d'un si grand intérêt, comme on le verra par le passage suivant où elle est relatée :

« L'eau spermatisée[1], filtrée au travers de quelques corps, perd sa vertu fécondante.

« Si l'on filtre l'eau spermatisée au travers du coton, des chiffons, des étoffes, elle perd beaucoup de sa vertu fécondante, et elle la perd entièrement si on la filtre au travers de plusieurs papiers brouillards. Si l'on filtre cette eau au travers de deux papiers et si l'on féconde les Têtards avec l'eau filtrée, il n'en naît pas autant que lorsqu'elle n'était pas filtrée. Ils naissent encore en moindre nombre si on la filtre au travers de trois papiers ; la diminution des naissances augmente si l'on filtre cette

[1] Spallanzani appelle *eau spermatisée* de l'eau contenant une petite quantité de liqueur séminale.

eau au travers de quatre papiers; enfin, la filtration opérée au travers de six ou sept papiers empêche la naissance des Têtards fécondés par cette eau.

« Le papier, où avait été fraîchement filtrée l'eau spermatisée, ayant été exprimé dans l'eau pure où l'on met des Têtards non fécondés, ceux-ci naquirent fort bien : ce qui prouve que la filtration ôte à l'eau spermatisée sa vertu fécondante, en tant que la liqueur séminale qui y était contenue reste sur les papiers brouillards, puisqu'on l'a fait sortir en les exprimant [1]. »

De là à la détermination du rôle des Spermatozoïdes, il n'y avait qu'un pas à faire.

Expériences de Prévost et Dumas. — Prévost et Dumas, à qui appartient le mérite d'avoir reconnu et démontré expérimentalement ce rôle, n'eurent pour cela qu'à procéder comme l'avait fait avant eux Spallanzani, mais avec toute liberté d'esprit, et, par une rencontre qui vaut d'être signalée, ils refirent, sans la connaître, l'expérience de ce physiologiste sur la filtration. Voici, en effet, ce qu'ils disent eux-mêmes à ce propos dans le second de leurs Mémoires sur la Génération :

---

[1] Spallanzani, *Expériences pour servir à l'histoire de la génération, etc.*, 1777, p. 310.

« Lorsqu'on filtre la liqueur prolifique composée en délayant la matière des vésicules séminales dans l'eau, on ne parvient pas à séparer la totalité des animalcules qu'elle renferme, bien que leur nombre diminue sensiblement. Nous avons essayé diverses méthodes..., mais nous nous sommes aperçus qu'il suffisait de multiplier les filtres pour parvenir au résultat que nous avions en vue. En effet, la liqueur qui passe au travers d'un seul filtre contient beaucoup d'animalcules; mais si l'on en combine deux, elle en renferme bien moins; ils deviennent très rares lorsqu'on en met trois ensemble, et l'on n'en retrouve plus dès qu'on en emploie quatre à la fois. Cette donnée nous suffisait. Nous avons pris cinq filtres emboîtés l'un dans l'autre que nous avons lavés avec de l'eau distillée pendant plusieurs jours. Nous avons préparé 100 grammes de liqueur fécondante qui a été jetée sur le filtre, et l'on a eu soin de verser de nouveau les premières portions qui se sont écoulées. Enfin, on en a recueilli 10 grammes dans l'espace d'une heure, et on les a reçus au fond d'un vase très propre. Nous avons cherché à y découvrir des animalcules, mais tous nos soins ont été inutiles. Alors, nous avons mis cette portion avec quinze œufs d'un côté, et la liqueur

restée sur le filtre a été versée sur une masse
considérable d'œufs de l'autre. Ces derniers, au
nombre de plusieurs centaines, ont été fécondés
comme à l'ordinaire. Les autres se sont tous gâtés
au bout de quelques jours. L'expérience a été
répétée deux fois avec le même succès, et nous
avons, par la suite, vu avec étonnement qu'elle
avait eu le même résultat entre les mains de
Spallanzani. Il l'a consignée dans son ouvrage
comme une note de peu d'importance, ce qui
nous avait empêché de la remarquer auparavant.
Si nous l'eussions connue, elle nous eût épargné
beaucoup d'inutiles essais. L'expérience de Spallanzani est très importante en ce qu'il a remarqué
que la diminution des naissances augmentait avec
le nombre des filtres employés, et qu'enfin elles
devenaient entièrement nulles, quoique la liqueur
exprimée des papiers conservât les propriétés
fécondantes. Ces données précieuses sont en rapport avec ce que nous avons vu du nombre dé-
croissant des animalcules sous les mêmes circonstances, et ne peuvent plus laisser de doute sur leur
rôle actif dans l'acte de la génération[1]. »

[1] Prévost et Dumas, Deuxième mémoire sur la génération (Annales des sciences naturelles, 1824, t. II, p. 143).

Voyons maintenant ce que sont ces animalcules dont l'importance physiologique est si grande.

Constitution et nature des Spermatozoïdes. — D'une manière générale, les Spermatozoïdes, qu'on a comparés parfois à de petits Vers, à des Anguil-

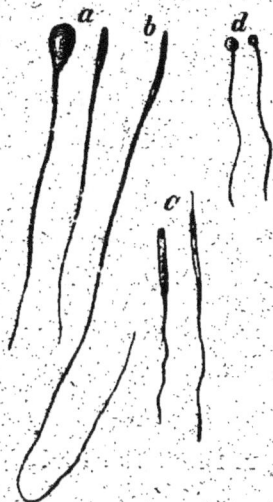

FIG. 16. — Spermatozoïdes [*].

lules, et que quelques-uns ont regardés comme des parasites, sont constitués par des filaments mobiles, renflés dans leur partie antérieure, qu'on désigne sous le nom de *tête*, tandis qu'on appelle *queue* la partie mince et graduellement atténuée qui lui fait suite (fig. 16). Celle-ci a pour fonction

[*] *a* de taureau; *b*, de pigeon; *c*, de grenouille; *d*, de carpe.

de faire mouvoir le Spermatozoïde dans le liquide ambiant. Les corpuscules séminaux varient d'ailleurs beaucoup dans leur forme et leurs dimensions, suivant les espèces animales auxquelles ils appartiennent.

Chez l'homme, leur tête est ovalaire, ou plutôt piriforme, et donne attache à la queue par sa portion élargie. Leur longueur totale est de $0^{mm},06$ environ ; ceux des autres Mammifères ont avec eux la plus grande analogie. Il y a des Spermatozoïdes dont la longueur est beaucoup plus considérable, ceux des Oiseaux, par exemple, qui ont la partie céphalique peu élargie et souvent contournée en spirale. Chez les Gastéropodes pulmonés, ils atteignent jusqu'à 1 millimètre de long *(Helix pomatia)* et ils ont l'aspect d'un fil terminé par un léger renflement de forme conique. Dans certains Vers, ils sont linéaires, et sans le moindre épaississement, etc.

La véritable nature des corpuscules séminaux n'a été connue que par l'étude de leur développement. Longtemps on les considéra comme de petits animaux ; certains physiologistes voyaient en eux les représentants en miniature de ceux dont ils provenaient et auxquels ils deviendraient semblables par leur développement ; chez l'homme,

cet animalcule était l'*homunculus*. Les partisans de
cette singulière hypothèse formaient le camp des
Spermatistes, opposé à celui des *Ovistes*, qui pla-
çaient dans l'œuf le véritable germe de l'animal futur. On sait aujourd'hui que celui-ci est produit par
la coalescence de ces deux éléments mis en présence.

L'idée que les Spermatozoïdes étaient des animalcules domina dans la science jusqu'à l'époque
où Dujardin et Lallemand, en France, Kölliker, en
Allemagne, la combattirent et considérèrent ces
corpuscules comme des éléments dérivés des tissus
vivants. Dujardin, dans un Mémoire paru en 1837,
s'exprime ainsi à ce sujet :

« Plus on étudie les Zoospermes, ou prétendus
animalcules spermatiques, et plus on reste convaincu que ce ne sont pas des animaux proprement dits, des êtres naissant d'un œuf ou d'un
germe, comme les Zoophytes, et susceptibles de
se nourrir, de s'accroître et de se reproduire. L'emploi du microscope le plus parfait et la comparaison
de ces corpuscules dans les différentes classes du
règne animal font penser, au contraire, qu'ils sont
simplement un produit, ou une dérivation, de la
couche interne des tubes séminifères ; non point
une sécrétion, mais un produit progressivement
formé, un produit conservant une sorte de vitalité

nécessaire pour concourir à la formation de l'embryon[1]. »

Peu après, en 1841, Lallemand concluait de même que les Zoospermes ne sont pas de véritables animaux, et remarquait avec beaucoup de justesse que leur production a lieu dans l'organe mâle, comme celle des ovules dans l'organe femelle[2].

Spermatogénèse. — C'est Kölliker qui, par ses recherches sur l'origine et le développement des corpuscules spermatiques, démontra leur nature cellulaire, et c'est de lui que date l'étude de la *Spermatogénèse*, c'est-à-dire de leur mode de production. Cette étude a été depuis l'objet d'un grand nombre de travaux dus à Reichert, Ch. Robin, Leuckart, Ankermann, Semper, Lavalette Saint-Georges, Balbiani, Mathias Duval, etc., pour ne citer que les plus importants, et elle est aujourd'hui, grâce à eux, suffisamment complète dans ses points essentiels.

Quand il fut établi que les Spermatozoïdes tirent leur origine de la cellule, deux opinions furent émises sur la façon dont celle-ci leur donne nais-

---

[1] Dujardin, Sur les Zoospermes des Mammifères, etc. (*Annales des sciences naturelles*, Paris, 1837, t. VIII, p. 291).

[2] Lallemand, Sur les Zoospermes (*Annales des sciences naturelles*, Paris, 1841, t. XV).

-sance. D'après l'une, celle de Kölliker, qui fut d'a-
bord généralement acceptée, ces corpuscules ré-
sulteraient de la transformation des noyaux contenus dans les cellules; d'après la seconde, qui
fut soutenue par Reichert, Leuckart, etc., ce n'est
pas par les noyaux seulement que seraient constitués ces corpuscules, mais par les cellules mêmes
transformées. Cette dernière opinion s'est trouvée
confirmée par les observations ultérieures.

Les cellules qui donnent naissance aux Spermatozoïdes, et qu'on désigne sous le nom d'*Ovules
mâles* (Ch. Robin), se distinguent des cellules
épithéliales voisines par leur volume plus grand,
par leur contenu plus granuleux, par leur noyau
sphérique nucléolé (fig. 17, A). Dans ces cellules-
mères il se forme, soit par segmentation, soit par
bourgeonnement, une génération de cellules-filles,
qu'on a appelées *Spermatoblastes*, et qui deviennent chacune un spermatozoïde (fig. 18).

La formation des Spermatoblastes et leur développement en Spermatozoïdes au sein de la cellule-mère ont pu être suivis pas à pas dans leurs
diverses phases chez certains animaux se prêtant
par leur organisation à ce genre d'observations
(Plagiostomes, Batraciens, Mollusques). On voit
d'abord les Spermatoblastes apparaître et former

des grappes, ou faisceaux, résultant de ce que chacun d'eux est uni au protoplasma de la cellule-
mère. C'est au voisinage de ce point d'attache du
Spermatoblaste qu'apparaît, sous forme d'un cor-

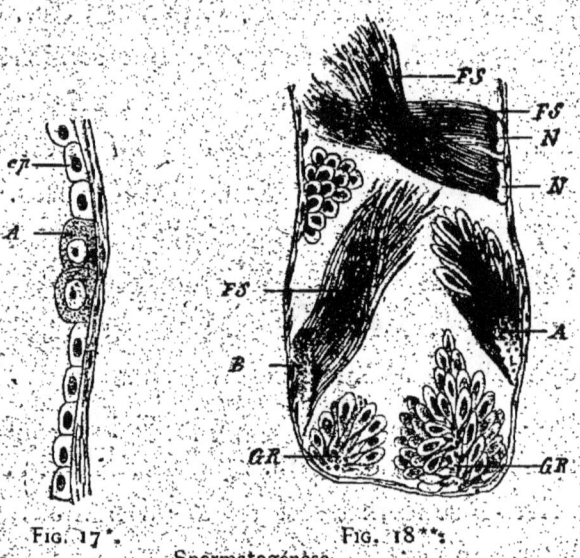

FIG. 17*.
Spermatogénèse.

FIG. 18**.

puscule solide, réfractant la lumière, la *tête* du
Spermatozoïde en voie de développement. En conséquence, les Spermatozoïdes sont adhérents par

* Paroi du cul-de-sac glandulaire de l'escargot. Grossissement 400;
ep, cellules épithéliales dont quelques-unes, A, présentent un développement
considérable (futurs ovules, ou futures cellules-mères de spermatozoïdes)
(Mathias Duval).

** Cul-de-sac glandulaire montrant les grappes de spermatoblastes dans
leur transformation en spermatozoïdes: FS, filament spermatique; N, noyau
principal; A, cellule épithéliale; B, bourgeon; GR, grappes de spermatoblastes (Mathias Duval).

leurs extrémités céphaliques, et présentent une, disposition en faisceau qui persiste assez, longtemps.
Ainsi on les trouve souvent, après que la cellule-
mère a disparu, attachés à un reste de sa substance
formant une sorte de noyau (noyau recouvrant,
Deckzellenkern, de Semper). Celui-ci se résorbant
enfin, ils deviennent libres et se répandent dans la
liqueur séminale.

Il serait hors de propos d'exposer ici avec plus
de détail le mode de développement de ces corpuscules spermatiques et ses variations secondaires. Il nous suffit de retenir, pour l'intelligence
générale des faits, qu'ils représentent des éléments
cellulaires modifiés en vue du rôle spécial qui leur
appartient dans la fécondation.

*L'œuf, ou ovule; sa découverte par von Baer chez
les Mammifères.* — L'élément femelle qui, par suite
de l'action exercée sur lui par l'élément mâle, devient le point de départ d'un organisme nouveau,
est également représenté par une cellule que l'on
nomme *œuf*, ou *ovule*.

La reproduction par œufs a été observée de tout
temps chez les animaux dits *ovipares*, tels que les
Oiseaux, dont les femelles expulsent ce produit,
d'où l'on voit sortir ensuite le jeune au moment de
l'éclosion; mais, chez les animaux *vivipares*, c'est-

à-dire qui mettent au monde des petits vivants, on a ignoré bien longtemps que ceux-ci provenaient aussi d'un œuf, et la découverte chez eux de cet élément primitif n'a été faite qu'au siècle actuel.

A la vérité, Harvey dont nous avons eu déjà l'occasion de citer les expériences sur la génération, avait formulé, en 1651, un adage resté célèbre : *Omne vivum ex ovo*, qui proclamait cette vérité, mais il ne découvrit pas le véritable œuf des Mammifères, et n'eut que des idées fausses sur son origine et sa constitution. Il prenait, en effet, pour l'œuf la poche qui renferme l'embryon dans le sein maternel, et pensait qu'il apparaissait dans l'utérus de la femelle à la suite de la fécondation. Quelques années plus tard, un anatomiste hollandais, Regner de Graaf (1672), fit faire un pas important à cette étude par la découverte dans l'ovaire des follicules auxquels son nom est resté attaché, les *follicules de Graaf*, mais il crut que ces follicules étaient les œufs mêmes, tandis qu'ils n'en sont que le lieu de production (fig. 19 et 20)

C'est à E. von Baer, qui fut le véritable fondateur de l'Embryologie comparée, que revient l'honneur d'avoir découvert l'œuf ovarien, découverte capitale, regardée par Louis Agassiz comme la plus grande des temps modernes dans les sciences.

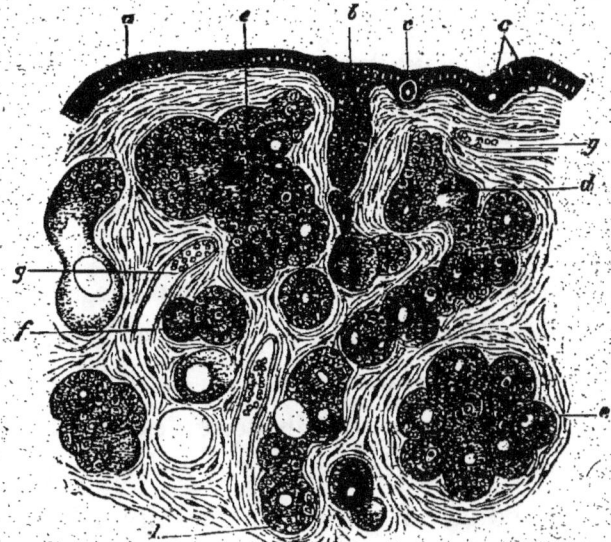

FIG. 19.*

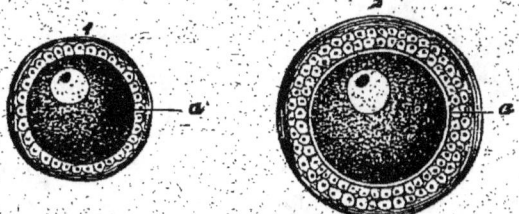

FIG. 20. — Follicules de Graaf**.

* Section perpendiculaire à travers l'ovaire d'un nouveau-né du sexe féminin : *a*, épithélium de l'ovaire; *b*, rudiment d'un cordon ovulaire; *c*, œuf encore jeune, dans l'épithélium; *d*, long cordon ovulaire avec formation de follicules; *e*, groupe de jeunes follicules; *f*, quelques jeunes follicules; *g*, vaisseaux sanguins dans le tissu conjonctif de l'ovaire. — Dans les cordons, les jeunes cellules ovulaires se distinguent des cellules folliculaires par un volume plus considérable (d'après Waldeyer).

** Deux jeunes follicules isolés : en 1, les cellules folliculaires forment autour de l'ovule une couche cellulaire simple; 2, il y a déjà une couche double; les mêmes cellules commencent à former le chorion primaire, *a*.

naturelles[1]. Dans un écrit intitulé : *De ovi Mammalium et Hominis genesi Epistola*, qui parut en 1827[2], il fit connaître l'existence de l'œuf à l'intérieur du follicule de Graaf, et démontra ainsi qu'il n'y a pas de différence essentielle entre les animaux ovipares et les vivipares. Depuis von Baer, les recherches relatives à l'étude de l'œuf chez les animaux les plus divers, se sont accumulées en grand nombre et ont éclairé d'une vive lumière ce point si longtemps obscur de l'histoire des animaux.

Origine et constitution de l'œuf. — Cet élément femelle, l'œuf, susceptible de devenir un être nouveau par son développement dans des conditions déterminées, se présente d'abord sous forme de simple cellule. Constitué à l'origine par un globule de protoplasma nu, pourvu d'un noyau avec son nucléole, on lui donne à cet état le nom d'*ovule*

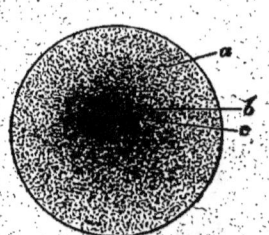

Fig. 21. — Ovule primordial (d'après Balfour)[*].

---

[1] Louis, Agassiz, *De l'Espèce*, etc... trad. par F. Vogeli, Paris, 1869, p. 109.

[2] Traduite en français, dans le *Répertoire d'anatomie*, de G. Breschet, tome IV.

[*] *a*, protoplasma granuleux ; *b*, noyau (vésicule germinative); *c*, nucléole (tache germinative).

primordial (fig. 21). D'une manière générale, il
subit ensuite, pour parvenir à maturité, quelques
modifications liées à son accroissement. Sa masse
protoplasmique s'augmente par l'adjonction d'éléments nutritifs ; des formations nucléolaires apparaissent dans le noyau ; une membrane limitante
se forme à sa surface. On reconnaît alors dans
l'œuf les parties constituantes suivantes : une enveloppe transparente, dite *membrane vitelline;* un
contenu nommé *vitellus,* dans lequel se trouve
une vésicule nettement limitée, la *vésicule germinative,* ou de *Purkinje,* qui n'est autre chose que le
noyau de la cellule ovulaire ; enfin, dans ce noyau,
un nucléole, souvent plusieurs, appelés *taches germinatives,* ou *de Wagner.*

Beaucoup d'œufs ont leur membrane vitelline per-
cée d'une ouverture, nommée *micropyle,* par laquelle
les éléments fécondateurs pénètrent à l'intérieur.

On reconnaît dans le vitellus deux parties qui
ont un rôle différent, l'une qui sert à la formation
de l'embryon et l'autre à sa nutrition; d'où la dis-
tinction, établie par Reichert, d'un *vitellus formatif*
et d'un *vitellus nutritif ;* ces deux vitellus sont en
proportion variable suivant les cas. Il y a des œufs
dans lesquels les éléments nutritifs sont en quantité
très faible et insuffisante pour le développement

de l'embryon, qui se nourrit alors aux dépens de l'organisme maternel ; ils ont été appelés pour cette raison *œufs incomplets* par Milne Edwards. On les nomme aussi *œufs simples*, ou *holoblastiques*, parce que les deux sortes de vitellus s'y trouvent intimement confondues ; tels sont les œufs des Mammifères et celui de l'homme. D'autres contiennent une réserve nutritive assez grande pour que l'embryon se développe indépendamment de la mère ; ce sont ceux que Milne Edwards appelle *complets*, et qu'on désigne aussi sous le nom *d'œufs composés*, ou *méroblastiques*, parce que les deux vitellus y sont distincts et séparés. Ceux-ci se divisent eux-mêmes en deux catégories suivant l'importance relative de chacun des vitellus ; les uns renferment des matériaux nutritifs en si grande abondance que le vitellus plastique ne forme plus qu'une petite tache, dite *cicatricule*, ou *disque germinatif*, sur la sphère vitelline ; d'autres ne contiennent qu'une proportion moindre d'éléments nutritifs, et les corpuscules plastiques y occupent une portion plus grande de cette sphère. Les premiers sont les œufs à *grand vitellus*, ou à *cicatricule*, des Oiseaux et des Céphalopodes ; les seconds les œufs à *petit vitellus* des Reptiles, des Batraciens, de la plupart des Poissons et de tous les Invertébrés.

Aux parties fondamentales de l'œuf ovarien que nous venons d'indiquer, s'ajoutent souvent des parties accessoires qui entourent le vitellus, et forment des enveloppes protectrices. Ainsi le follicule même de l'œuf peut produire une membrane, qui recouvre la vitelline, et qu'on désigne sous le nom de *Chorion*. D'autres membranes peuvent aussi

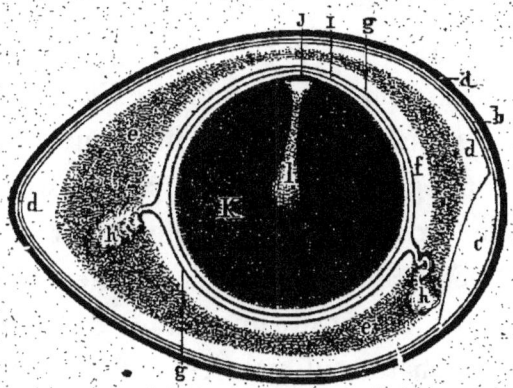

Fig. 22. — Œuf d'oiseau (coupe) *.

être formées par les parois des conduits, ou *Oviductes*, que l'œuf parcourt après s'être détaché de l'ovaire, et des parties complémentaires se constituent parfois ainsi autour du vitellus. C'est ce qu'on voit particulièrement dans les œufs d'Oiseaux

* *a*, coquille ; *b*, double membrane de la coque ; *c*, chambre à air ; *d*, couche albumineuse superficielle fluide ; *e*, couche albumineuse moyenne épaisse ; *f*, couche profonde liquide ; *g*, membrane chalazifère ; *h*, chalazes ; *i*, membrane vitelline ; *j*, cicatricule ; *k*, jaune ; *l*, *latebra* du jaune.

(fig. 22). On y trouve la sphère vitelline entourée par une série de couches de matière albumineuse, constituant le blanc de l'œuf, qui sont déposées dans une portion de l'oviducte, qu'on appelle pour ce motif *tube albuminipare*. La première de ces couches, la plus interne, est plus dense que les autres et forme une membrane dite *chalazifère*, parce qu'elle présente à chacun de ses pôles, et suivant le grand axe de l'œuf, un prolongement contourné en spirale, qu'on nomme *Chalaze*. Cette torsion des chalazes est due à un mouvement de rotation subi par l'œuf pendant son passage dans l'oviducte. Extérieurement, l'albumen est entouré par une membrane composée de deux feuillets unis l'un à l'autre. Sur cette membrane se dépose le liquide blanchâtre qui est sécrété dans la portion terminale de l'oviducte, qu'on nomme *Chambre coquillière*, et qui, en se solidifiant, produit une coquille d'épaisseur variable. Celle-ci est toujours perméable à l'air, et l'on trouve une certaine quantité de ce gaz, emmagasinée entre les deux feuillets de la membrane coquillière, qui, en s'écartant en ce point, laissent un intervalle qu'on appelle *Chambre à air*.

Maturation et fécondation de l'œuf. — L'ovule, pendant la période qui précède la fécondation

nécessaire à son développement ultérieur, présente un certain nombre de phénomènes particuliers, et en quelque sorte préparatoires à cet
acte. La vésicule germinative se rapproche de la
surface de l'œuf, se modifie dans sa forme, perd
la netteté de son contour par résorption de sa

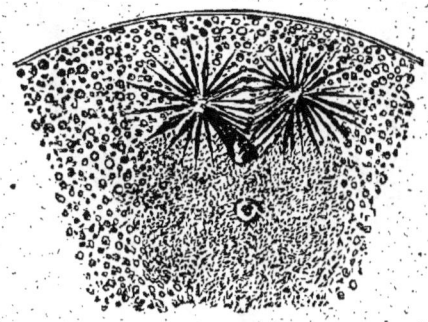

Fig. 23 *

membrane et tend à s'effacer ; en même temps on
voit la tache germinative disparaître. Dans les cas
où l'on a pu suivre ces transformations de la vésicule germinative, comme l'a fait Hermann Fol sur
l'œuf de l'*Asterias glacialis*, on a vu se former, par
un processus normal de division cellulaire, un
fuseau avec deux asters à ses pôles (fig. 23). Ce
fuseau prend une position verticale par rapport à
la surface de l'œuf, et sur cette surface une protu-

* Œuf d'*Asterias glacialis*, traité par l'acide picrique (d'après Fol).

bérance protoplasmique se montre au point qui
correspond à son extrémité. Le fuseau se divise
alors en deux parties, dont l'une se place dans la
protubérance et forme avec elle un corps particulier, appelé *globule* ou *corpuscule polaire*, qui se

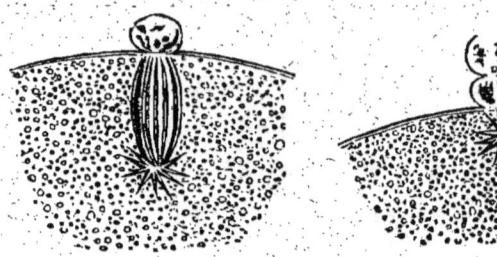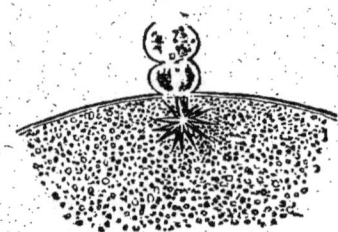

Fig. 24*.   Fig. 25**.

sépare de l'œuf (fig. 24). L'autre partie reste dans
l'œuf et se transforme en un second fuseau qui
produit, comme l'avait fait le premier, un nouveau
globule polaire (fig. 25). La portion de ce second
fuseau demeurée dans l'œuf y prend la forme d'un
noyau auquel on a donné, à cause du rôle qu'il
est destiné à jouer dans l'acte de la fécondation, le
nom de *pronucléus femelle* (fig. 26).

---

* Portion d'œuf d'*Asterias glacialis* au moment où le premier globule
polaire se détache et le reste du fuseau se rétracte dans l'œuf. Préparation
l'acide picrique (d'après Fol).

** Portion de l'œuf d'*Asterias glacialis* immédiatement après la formation du second globule polaire.

La formation des globules polaires a été observée tantôt avant et tantôt après la fécondation ; il sem-

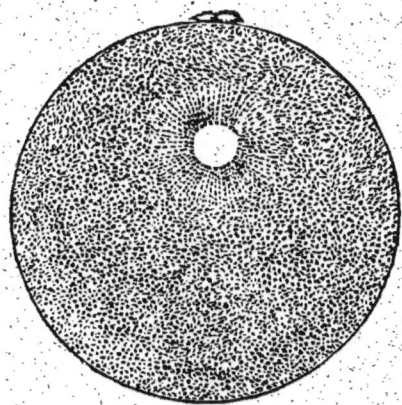

FIG. 26 *.

ble donc que ces deux phénomènes sont indépendants l'un de l'autre. Quant au rôle et à la signification de ces globules, on ne sait rien encore de positif, et on n'a pu formuler à leur sujet que des hypothèses qu'il ne nous est pas possible d'exposer ici[1].

Le fait essentiel à enregistrer, c'est la formation, dans cette période ovogénique du noyau qui dérive de la vésicule germinative originelle, et qui constitue le *pronucléus femelle*. Parvenue à ce point, l'évo-

[1] Voir les travaux d'Auerbach, van Beneden, Balfour, H. Fol, etc.

* Œuf d'*Asterias glacialis* avec les deux cellules polaires et le pronucléus femelle entouré de stries radiaires.

lution de l'œuf s'arrête, sauf dans les cas de Parthé-
nogenèse, si la fécondation n'a pas lieu. Voyons
comment se fait celle-ci.

Le *pronucléus femelle*, dont nous avons vu la
formation dans l'ovule, se présente sous l'apparence
d'un noyau clair, muni d'un nucléole. Ce noyau se
porte peu à peu au centre de l'œuf, et autour de
lui apparaissent dans le protoplasma des stries
rayonnantes (fig. 26). Si alors des spermatozoïdes
arrivent au contact de l'œuf, il se forme à la surface
de celui-ci un mamelon qui va en quelque
sorte à la rencontre du spermatozoïde le plus voisin (fig. 27, A); celui-ci s'y engage par son extrémité céphalique et s'introduit ainsi dans le protoplasma ovulaire (fig. 27, B). A ce moment il se
forme, par différenciation de la couche externe de
ce protoplasma, une membrane vitelline distincte,
qui présente un orifice au point par lequel le
spermatozoïde est entré, mais qui met obstacle au
passage d'autres spermatozoïdes dans l'intérieur
de l'œuf (fig. 28).

La tête du spermatozoïde qui a pénétré dans l'œuf
y forme un noyau qu'on nomme *pronucléus mâle*.
Autour de ce noyau, le protoplasma présente une
striation rayonnante, tandis que cette disposition
a disparu dans le protoplasma qui entoure le pro-

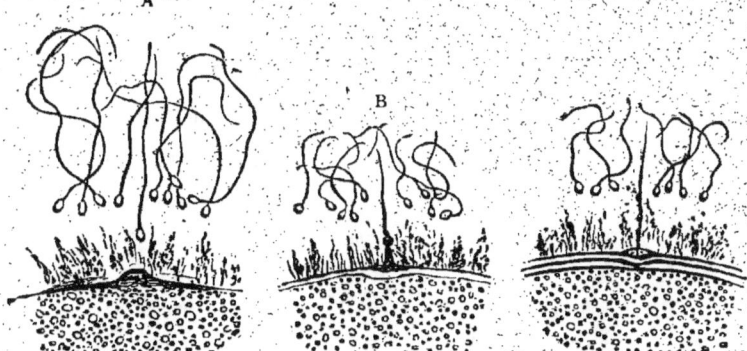

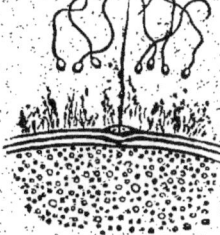

Fig. 27. Fig. 28.

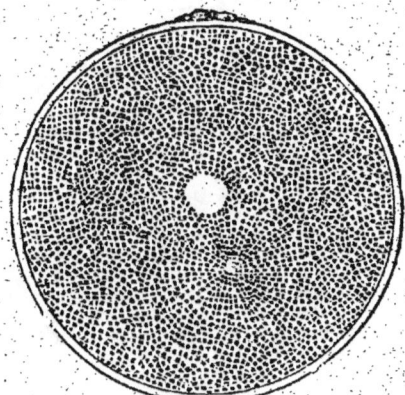

Fig. 29.

* Faibles portions de l'œuf de l'*Asterias glacialis*. Les spermatozoïdes sont représentés enveloppés dans la membrane mucilagineuse. En A, il se forme à la surface de l'œuf une protubérance dirigée vers le spermatozoïde le plus voisin ; en B, le spermatozoïde et la protubérance se sont rencontrés (d'après Fol).

** Portion de l'œuf d'*Asterias glacialis*, après la pénétration d'un spermatozoïde dans l'œuf, montrant la protubérance de l'œuf dans laquelle le spermatozoïde est engagé. Une membrane vitelline avec un orifice cratériforme est distinctement formée.

*** Œuf d'*Asterias glacialis* avec pronucléus mâle et femelle présentant une striation radiaire autour du premier.

nucléus femelle (fig. 29). Peu à peu le pronucléus
mâle se rapproche du pronucléus femelle, qui reste
immobile jusqu'à ce que les stries radiaires partant du premier viennent à l'atteindre ; alors il

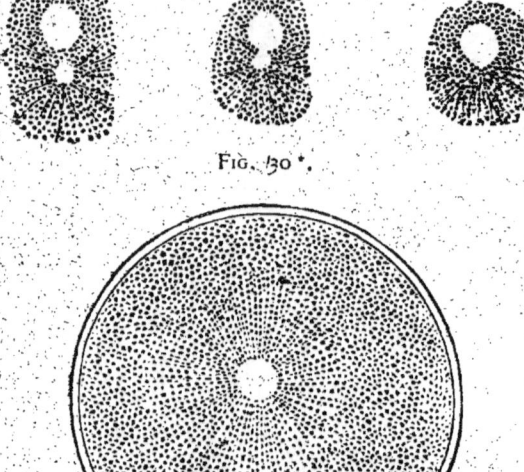

FIG. 30 *.

FIG. 31 **.

s'avance de son côté et les deux pronucléus arrivent
au contact, puis ne tardent pas à se fusionner
(fig. 30).

* Trois stades successifs dans la fusion des pronucléus mâle et femelle
chez l'*Asterias glacialis*.
** Œuf d'*Asterias glacialis* après la coalescence des pronucléus mâle et
femelle.

Cette fusion a pour effet de produire le premier noyau de segmentation (fig. 31), point de départ de divisions ultérieures, d'où naîtront les nombreux éléments cellulaires destinés à la constitution de l'embryon. L'œuf à ce moment est fécondé ; nous avons maintenant à faire connaître les phases consécutives de son développement.

CHAPITRE III

DÉVELOPPEMENT DE L'EMBRYON

Segmentation de l'œuf et ses divers modes. — Formation du blastoderme et des feuillets blastodermiques. — Hæckel et la théorie de
la *Gastræa*. — Aire germinative et première ébauche de l'embryon ;
apparition de la ligne primitive, de la notocorde et des protovertèbres. — Vésicule vitelline et membranes embryonnaires : Allantoïde
et Amnios. — Placenta des Mammifères. — Nutrition de l'embryon.

Segmentation de l'œuf et ses divers modes. — Une
fois la fécondation effectuée par la fusion des
pronucléus mâle et femelle, l'ovule, grâce à cette
impulsion particulière, poursuit son évolution et
entre alors dans une nouvelle phase de déveloop-
pement caractérisée par la constitution de l'embryon. C'est la *période embryogénique*, dont le début
est marqué par le fractionnement, ou *segmentation*
du vitellus. La segmentation n'est autre chose
qu'un phénomène de multiplication cellulaire.
Elle fut constatée pour la première fois par Prévost
et Dumas, qui déjà, comme nous l'avons vu, ve-

naient de reconnaître le rôle des Spermatozoïdes dans la fécondation.

Ces observateurs remarquèrent que, sur les œufs de grenouille nouvellement fécondés, il se formait un premier sillon qui, affectant la forme d'un grand cercle, divisait l'œuf en deux hémisphères

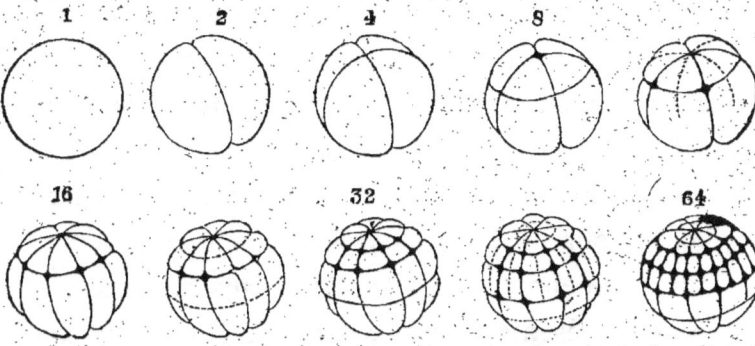

FIG. 32. — Segmentation de l'œuf de grenouille (d'après Ecker)*.

(fig. 32, 2); chacun de ces hémisphères se partageant ensuite par un nouveau sillon, vertical comme le premier et disposé en croix par rapport à lui, l'œuf se trouvait coupé par ces deux lignes en quatre seg-ments égaux (fig. 32, 4). Puis ils virent apparaître une ligne circulaire, intermédiaire aux deux pôles, formant ainsi une espèce d'équateur, mais plus rapprochée du pôle supérieur. L'œuf, composé à ce

* Les numéros placés au-dessus des figures indiquent le nombre des segments du stade figuré.

stade de huit segments (fig. 32, 8), se subdivisait
ensuite en seize par la formation de deux nouveaux
sillons verticaux, et ce nombre des segments con-
tinuant à s'accroître par des subdivisions nouvelles,
la surface ovulaire prenait en définitive un aspect
mamelonné comparable à celui d'une framboise[1].

Les observations de Prévost et Dumas ne tar-
dèrent pas à être confirmées et étendues à d'autres
animaux. On reconnut que la segmentation constituait un processus de division cellulaire commun
à tous les œufs fécondés, et caractéristique des premières phases de leur développement. Par sa nature ce phénomène est le même dans tous les cas,
mais il présente néanmoins des variétés dans son
mode de production, selon la quantité de vitellus
nutritif contenu dans l'œuf, et la façon dont il y est
distribué. Ainsi, la segmentation ne se fait pas de
même dans les œufs *holoblastiques*, et dans les œufs
méroblastiques. Chez les premiers, elle porte sur le
vitellus tout entier qui se divise en deux, puis en
quatre, huit, etc..., globules de segmentation et
on dit alors qu'elle est *totale* (fig. 33). Elle est
partielle au contraire, c'est-à-dire qu'elle intéresse

---

[1] Prévost et Dumas, Deuxième mémoire sur la Génération (*Ann.
des sc. nat.*, 1824, t. II, p. 110, pl. 6).

seulement une portion du vitellus, le vitellus formatif, dans les œufs méroblastiques, où la por-

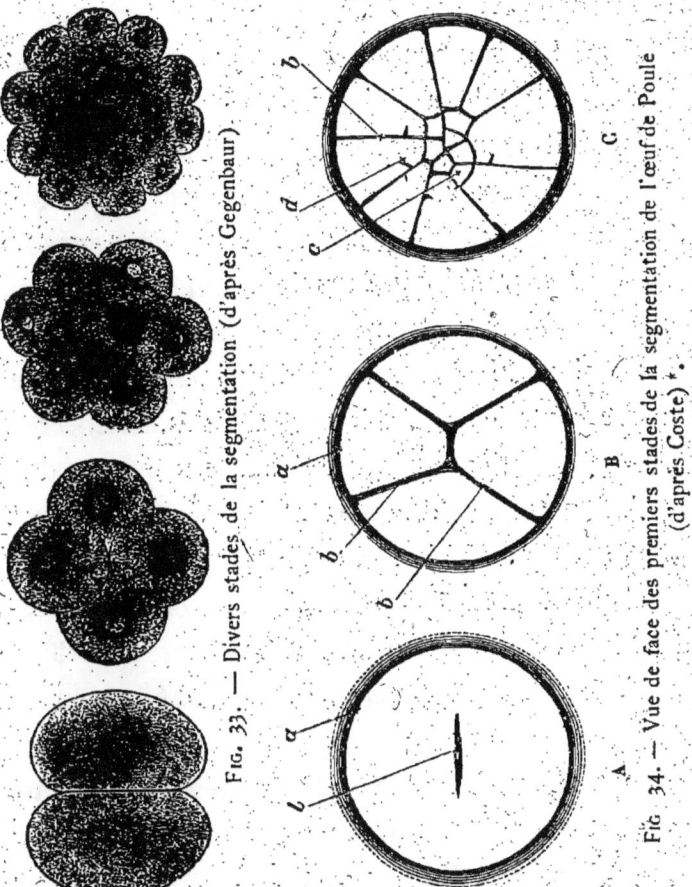

FIG. 33. — Divers stades de la segmentation (d'après Gegenbaur).

FIG. 34. — Vue de face des premiers stades de la segmentation de l'œuf de Poule (d'après Coste) *.

tion nutritive est très abondante, séparée de la précédente et accumulée au pôle opposé; c'est ce

* *a*, bord du disque germinatif; *b*, sillon vertical; *c*, petit segment central; *d*, segments périphériques plus grands.

qu'on voit très bien dans l'œuf de Poule dont la
cicatricule seule présente des phénomènes de
segmentation (fig. 34).

Quand la segmentation est *totale*, les segments
qui résultent de la division du vitellus sont tantôt
égaux entre eux, comme le montre la figure 33, et
tantôt inégaux, comme on le voit dans l'œuf de la
Grenouille (fig. 32). Elle est dite *régulière* dans le
premier cas, *inégale* dans le second. Enfin, on
observe une autre forme de segmentation dans les
œufs dont le vitellus nutritif est réuni en une
masse centrale, ou œufs *centrolécithes*. Ici encore,
la segmentation présente dans sa marche des
variations secondaires, tenant à l'abondance et au
mode de répartition du vitellus, mais aboutit
finalement à la formation d'une couche superficielle de cellules autour d'une masse vitelline
centrale ; c'est pourquoi on lui a donné le nom de
périphérique (fig. 35).

On voit qu'en définitive la segmentation a pour
résultat de donner naissance par un processus de
multiplication cellulaire à un grand nombre de
ces éléments, destinés à se combiner et à se méta-
morphoser ensuite de diverses manières, pour constituer l'embryon. La connaissance des premières
phases du développement de celui-ci éclairait donc

d'un jour nouveau l'origine des êtres organisés, et
leur mode de formation comme composés de
cellules. En même temps, l'étude microscopique

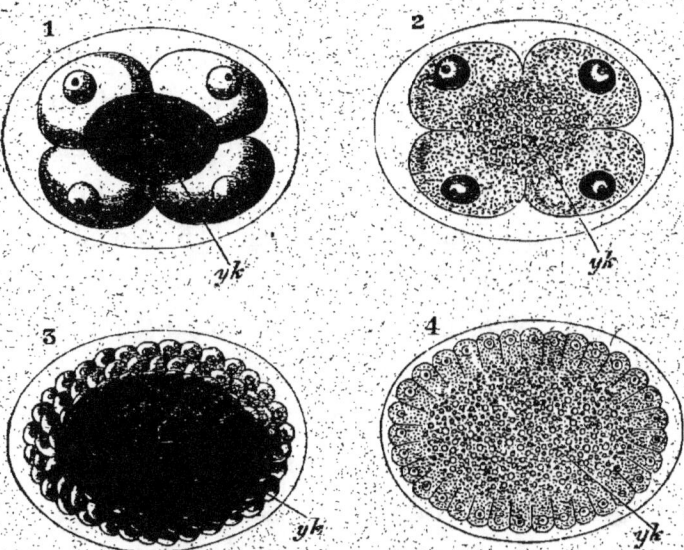

Fig. 35. — Segmentation de l'œuf d'un Crustacé, *Penœus*. Les
coupes montrent le caractère du type de segmentation dans
lequel le vitellus est accumulé au centre de l'œuf*.

des éléments qui entrent dans la constitution de
ces êtres conduisait à ce résultat que, sous des
formes variées produites par différenciation, c'était

* *yk*, masse vitelline centrale. — 1 et 2, vue de face et coupe du stade
dans lequel l'œuf est divisé en quatre segments. En 2 on voit que les sillons visibles à la surface ne s'étendent pas jusqu'au centre de l'œuf. —
3 et 4, vue de face et coupe d'un œuf près de la fin de la segmentation. La
masse vitelline centrale est très visible en 4 (d'après Hæckel).

un même élément primitif, la cellule, qui, en se répétant un nombre immense de fois, constituait l'organisme tout entier. C'est dans cette conception de l'être vivant, considéré comme une collectivité d'éléments dérivés de la cellule, que consiste la *Théorie cellulaire*, formulée par Schleiden et Schwann, en 1838, et devenue aujourd'hui classique. Cette théorie repose à la fois sur les données fournies par l'Embryologie et par l'Histologie ; elle domine la Biologie tout entière, et Claude Bernard en a fait ressortir tout l'importance pour l'explication des phénomènes vitaux.

« Il est établi maintenant d'une manière générale, dit-il, grâce aux travaux accumulés des histologistes, que l'organisme est constitué par un assemblage de cellules plus ou moins reconnaissables, modifiées à des degrés divers, associées, assemblées de différentes manières. Tous les matériaux de l'organisme sont formés par un seul élément, la cellule, identique dans les deux règnes, chez l'animal comme chez le végétal, fait qui démontre l'unité de structure de tous les êtres vivants. L'œuf lui-même ne serait qu'une cellule. La cellule, en un mot, serait le premier représentant de la vie. C'est donc à cet élément, la cellule, que nous devons maintenant rattacher le phéno-

mène de création, de synthèse organique, aussi
bien dans le règne végétal que dans le règne
animal[1]. »

*Formation du blastoderme et des feuillets blas-
todermiques.* — La segmentation du vitellus aboutit

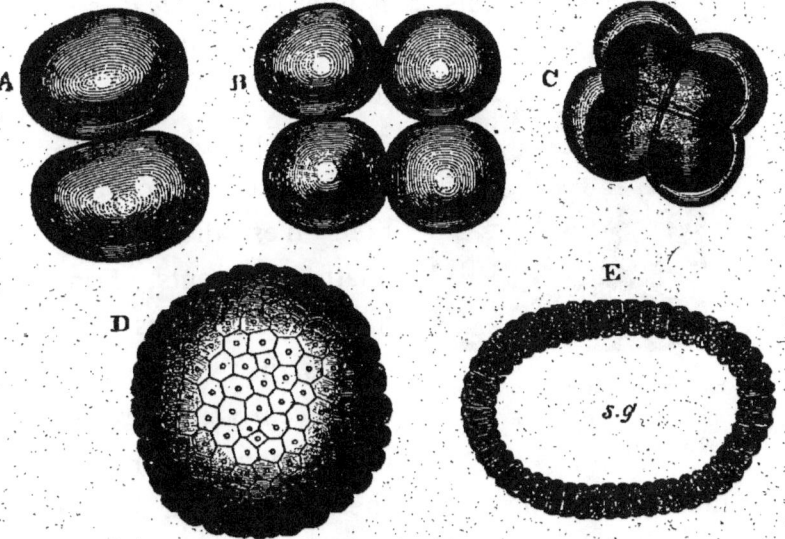

FIG. 36. — Segmentation de l'œuf de l'*Amphioxus* *.

à la formation d'une masse sphérique de cellules

[1] Claude Bernard, *Leçons sur les phénomènes de la vie*, t. I, p. 185.

* *sg*, cavité de segmentation. — A, stade de division en deux segments.
— B, stade de division en quatre segments égaux. — C, stade dans lequel
les quatre segments seront divisés par un sillon équatorial en huit segments
égaux. — D, stade dans lequel une seule couche de cellules entoure une
cavité de segmentation centrale. — E, stade un peu plus avancé, en coupe
optique (d'après Kowalevsky).

pressées les unes contre les autres. Le plus souvent
ces cellules sont disposées en une couche externe,
périphérique, qui limite une cavité centrale remplie
par une matière albumineuse liquide. On nomme
Vésicule blastodermique, *Blastosphère*, ou *Blastula*,
la sphère creuse ainsi constituée, et *Cavité de segmentation*, ou *Cavité de von Baer*, celle qui en occupe

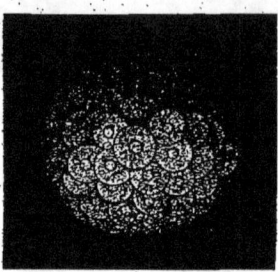

le centre (fig. 36). Elle
apparaît parfois de très
bonne heure, et alors que
l'œuf n'est divisé qu'en
quatre segments. Dans
d'autre cas moins fré-
quents, il n'y a pas de
cavité centrale, et les cellules produites par seg-

FIG. 37. — Morula d'une éponge
calcaire *(Olynthus)* (d'après
Hæckel).

mentation forment une sphère pleine, qui a reçu
d'Hæckel le nom de *Morula* (fig. 37).

Quoi qu'il en soit, les cellules embryonnaires
résultant de la segmentation, et constituant ce qu'on
nomme le *blastoderme*, se groupent bientôt en
couches, ou membranes définies, qui sont désignées
sous le nom de *feuillets du blastoderme*, ou *feuillets
germinatifs*, dont l'existence fut reconnue pour la
première fois par le naturaliste russe Pander, en
1817. Dans les œufs méroblastiques, comme l'œuf

de Poule, sur lequel ces phénomènes ont été observés d'abord, le blastoderme n'occupe qu'un point limité de la surface vitelline correspondant à la cicatricule, et présente l'aspect d'une tache circulaire blanchâtre, appelée *cumulus*. Cette tache s'agrandit ensuite et s'étend sur le vitellus jaune, de manière à former autour de lui une enveloppe membraneuse.

Des feuillets du blastoderme dérivent toutes les parties qui entrent dans la constitution de l'embryon. Il y a d'abord deux feuillets dont l'existence est constante, et, qui doivent par conséquent être regardés comme *primaires*, l'un extérieur, appelé *Ectoderme* ou *Epiblaste*; l'autre, intérieur, *Endoderme* ou *Hypoblaste*.

Dans la plupart des cas, un troisième feuillet, feuillet moyen, *Mésoderme* ou *Mésoblaste*, se développe entre les deux premiers. Il est constitué par une couche intermédiaire de cellules qui dérivent des deux feuillets primaires, ou d'après Kölliker, de l'ectoderme seulement. A cet égard, les observateurs ne sont pas d'accord, mais quelle que soit son origine, le mésoderme, en règle générale, se dédouble, comme l'a montré Remak, et forme ainsi deux feuillets intermédiaires dont l'un, adhérent à l'ectoderme, a été appelé par lui *lame musculo-cutanée*, et l'autre, adhérent à l'endoderme, *lame fibro-intestinale* (fig. 38).

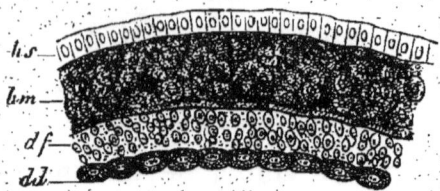

FIG. 38. — Les quatre feuillets germinatifs *.

Chacun des feuillets germinatifs a un rôle important dans la formation de l'embryon, rôle au sujet duquel règnent encore bien des incertitudes, mais qui a pu cependant être déterminé avec assez d'exactitude dans ses points essentiels. Ainsi le feuillet externe forme l'enveloppe cutanée, le système nerveux et les organes des sens ; c'est pourquoi Remak l'a nommé *feuillet sensitif* (feuillet animal de von Baer). Le feuillet interne, appelé par Remak *feuillet trophique*, ou *intestino-glandulaire* (feuillet végétatif de von Baer) donne naissance à l'épithélium de l'intestin, et aux glandes annexées au tube digestif. Enfin, dans le feuillet moyen, la lame musculo-cutanée prend part à la constitution

---

* *bs*, feuillet externe, ou cutané-sensitif ; *bm*, lame musculo-cutanée du mésoblaste; *df*, lame fibro-intestinale du mésoblaste; *dd*, feuillet interne ou intestino-glandulaire (d'après Hæckel, *Anthropogénie*)

de la paroi du corps, ce qui lui a valu le nom de *mésoblaste somatique*, et la lame fibro-intestinale prend part à la constitution de la paroi des viscères, ce qui l'a fait appeler *mésoblaste splanchnique* (Balfour). L'écartement de ces deux feuillets

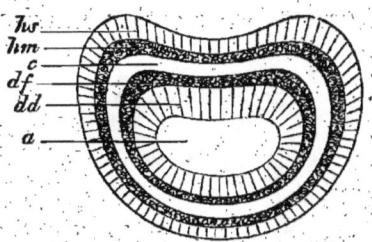

FIG. 39. — Section transversale de la larve de l'Amphioxus *.

secondaires produit la *cavité générale* du corps (*Cœlome* de Hæckel) (fig. 39); dans les cas où il n'y a pas de mésoderme, cette cavité est simplement constituée par un espace qui sépare l'ecto-derme de l'endoderme.

Hæckel et la Théorie de la Gastræa. — Hæckel, se fondant sur l'existence regardée par lui comme générale, chez tous les animaux pourvus d'un blastoderme, de deux feuillets primaires homolo-

---

* *bs*, feuillet cutané-sensitif: *bm*, feuillet fibro-cutané; *df*, feuillet fibro-intestinal; *dd*, feuillet intestino-glandulaire; *a*, cavité intestinale; *c*, cavité viscérale ou *cœlome* (d'après Kowalevsky).

gues, l'ectoderme et l'endoderme, dont le premier
forme le tégument externe et le second limite la
cavité digestive, considère la forme embryonnaire
ainsi réalisée comme commune à tous ces animaux,
qu'il nomme *Métazoaires*, par opposition aux
Protozoaires qui n'ont pas de blastoderme. Il appelle *Gastrula* cette forme embryonnaire (fig. 40).

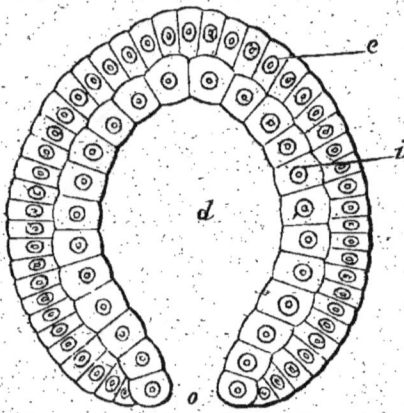

FIG. 40. — Gastrula *.

Elle consiste en un corps creux, muni d'un orifice,
dont la cavité simple représente l'état primitif du
tube digestif *(Archentéron)*. Les parois en sont
formées par deux couches de cellules, l'une interne,
correspondant à l'endoderme, ou feuillet intestinal,
l'autre externe, correspondant à l'ectoderme, ou

---

* *e*, feuillet cutané ou *ectoderme*; *i*, feuillet intestinal ou *endoderme*
d, intestin primitif, *o*, bouche primitive (d'après Hæckel, *Règne des Protistes*).

feuillet cutané. La Gastrula dérive de la blastosphère suivant deux modes différents, mais qui
conduisent tous deux à la constitution d'une forme
embryonnaire identique ; celle-ci, se présentant
toujours dans les embryons des Métazoaires, four-
nirait la preuve que tous ces animaux descendent
d'une forme ancestrale commune, forme depuis
longtemps éteinte, et appelée *Gastræa* par Hæckel.
Telle est l'idée qui sert de base à la théorie pro-
posée par le savant professeur d'Iéna, et connue
sous le nom de *Théorie de la Gastræa* [1] ; mais
nous ne saurions y insister ici, bien des points
restant encore en discussion, et l'existence de cette
forme primitive commune n'étant jusqu'à présent
qu'une hypothèse dont la démonstration réclame
de nouvelles preuves.

Déjà von Baer avait exprimé l'idée que les animaux passent, au début de leur développement,
par une forme ancestrale commune, et il avait
considéré la blastosphère comme représentant
cette forme. Il dit, en effet :

« Plus nous avançons dans l'histoire du développement, plus la concordance entre des animaux
très dissemblables nous paraît grande. Nous en

---

[1] Hæckel, Die Gastræa-Theorie *(Ienaische Zeit. für Naturw.*, Band
VIII, S. 1).

arrivons à nous demander si, au commencement de leur développement, tous les animaux n'étaient pas essentiellement pareils, si tous ne sont pas sortis d'une même forme primitive? — Puisque le germe n'est que l'animal non encore développé, on est autorisé à dire que la forme vésiculaire simple est la forme fondamentale d'où sont provenus tous les animaux, non pas idéalement, mais historiquement [1]. »

Hæckel fait remarquer avec raison toute la portée de cette proposition où le principe de la filiation des formes animales est posé comme découlant des données embryologiques. On ne saurait trop admirer les vues émises par von Baer sur le mode de formation des organismes, vues que les travaux des embryologistes qui l'ont suivi ont justifiées dans ce qu'elles avaient d'essentiel, en les complétant, et qui se résument dans les lignes suivantes de von Baer :

« L'être vivant provient d'une cellule primitivement identique, l'œuf primordial ; il s'édifie par formation progressive, ou épigenèse, par suite de la prolifération de cette cellule primitive qui forme des cellules nouvelles, qui se différencient de plus

[1] Von Baer, *Histoire du développement des animaux*, traduit par G. Breschet, Paris, 1826.

en plus et s'associent en cordons, en tubes, en lames, pour arriver à constituer les différents or-ganes. Cette structure va se compliquant successive-ment, de manière que les formes se particularisent de plus en plus à mesure que le développement avance. C'est la forme la plus générale, celle de l'embranchement, qui se manifeste la première, puis celle de la classe, puis celle de l'ordre, et ainsi de suite jusqu'à l'espèce[1]. »

Aire germinative et première ébauche de l'embryon; apparition de la ligne primitive, de la nolocorde et des protovertèbres. — Dans l'embryon des Verté-brés, le type de l'embranchement se marque, dès le début, par l'apparition d'un axe médian qui déter-mine la symétrie bilatérale du corps. Il se forme d'a-bord sur la vésicule blastodermique, correspondant à une portion plus épaisse de sa paroi, une tache cir-culaire blanchâtre, qu'on appelle *aire germinative*, ou *embryonnaire*, parce que c'est là que se mon-trent les premiers vestiges de l'embryon (fig. 41).

L'aire germinative, d'abord circulaire, s'allonge ensuite, devient elliptique, et prend enfin la forme d'un biscuit. On y distingue deux parties, l'une centrale, plus claire, ou *aire transparente;* l'autre

1 Von Baer, *loc. cit.*

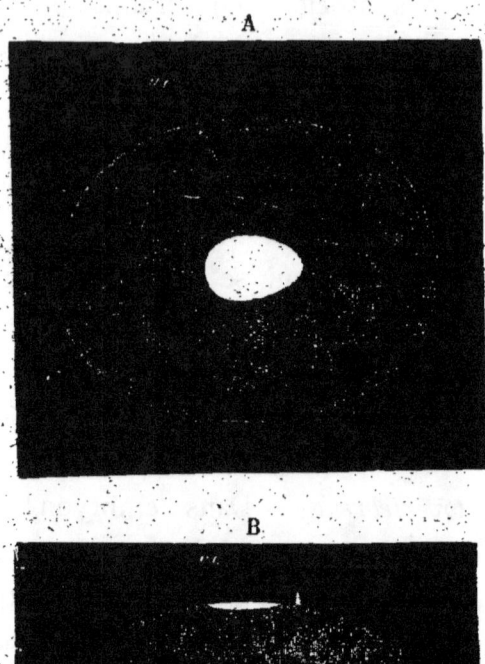

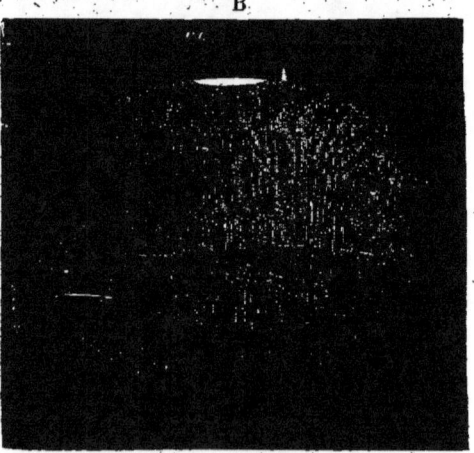

FIG. 41. — Figures de la vésicule blastodermique du Lapin
au septième jour sans la zone pellucide *.

* A. vue par en haut. — B, vue de profil : *ag*, aire embryonnaire :
ge, limite de l'hyploblaste (d'après Kölliker).

périphérique, ou *aire opaque*, qui par son bord extérieur se perd insensiblement à la surface du vitellus. La première constitue l'ébauche de l'em-

Fig. 42. — Œuf avec la première ébauche de l'embryon*.

bryon. On y voit apparaître, dans l'axe longitudinal, un trait linéaire opaque, qui, partant du pôle postérieur, s'étend jusque vers son milieu ; c'est la *ligne primitive (nota primitiva*, de von Baer). Elle est constituée par un épaississement de l'ectoderme, dont les bords légèrement relevés *(replis primitifs)* limitent un sillon creusé dans toute sa longueur,

* 1, gouttière primitive. — 2, aire embryonnaire. — 3, aire transparente. — 4, aire opaque. Grossi dix fois (d'après Bischoff, *Développement de l'Homme et des Mammifères).*

et appelé *sillon dorsal*, ou *gouttière primitive* (fig. 42).
Le long de la ligne primitive, les feuillets germinatifs unis entre eux forment ce que l'on appelle
la *plaque axiale;* celle-ci donne naissance de
chaque côté à une expansion latérale, formée par
une couche de cellules intermédiaire entre l'ectoderme et l'endoderme, et qui n'est autre chose que
le mésoderme.

Dans la partie antérieure de l'aire embryonnaire,
et suivant son axe, on voit se dessiner bientôt une
gouttière, limitée par deux replis latéraux, qui en
avant se réunissent en fer à cheval, et de là s'étendent progressivement en arrière; c'est la *gouttière
médullaire*, première trace du système nerveux
central (fig. 43). Cette gouttière atteint l'extrémité
antérieure de la ligne primitive qu'elle embrasse
par ses bords ; puis, elle continue à s'accroître en
longueur, tandis que celle-ci diminue, se raccourcit
et disparaît peu à peu, de sorte qu'elle finit par
occuper toute la partie axiale de l'aire embryonnaire. Elle est formée, comme l'était la ligne primitive, par un épaississement de l'ectoderme comprenant plusieurs couches de cellules superposées.
On donne à cette partie épaissie le nom de *lame*, ou
plaque médullaire, et celui de *bourrelets médullaires*,
ou *lames dorsales*, à ses lèvres latérales.

La gouttière médullaire représente la première ébauche du système nerveux central (*Système cérébro-spinal*, ou *Névraxe*). Ses bords, assez

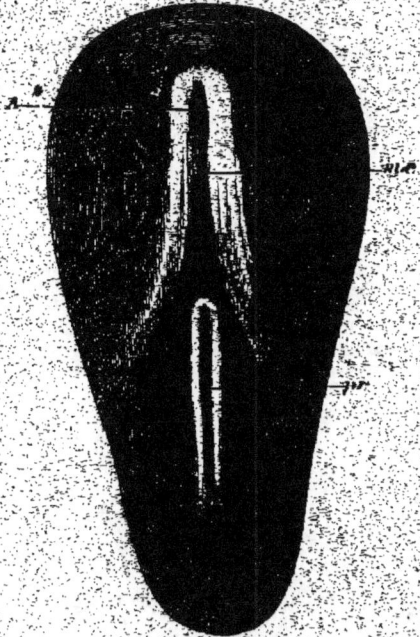

Fig. 43. — Vue de la face de l'aire pellucide d'un blastoderme de dix-huit heures *.

écartés d'abord, se rapprochent peu à peu l'un de l'autre, et se joignent sur la ligne médiane de façon à transformer la gouttière en *tube médullaire*. Celui-ci montre de très bonne heure, dans sa partie antérieure, trois dilatations, ou vésicules, qui,

* A, replis médullaires; *pr*, gouttière primitive; *mc*, gouttière médullaire.

en se développant, formeront l'encéphale, le reste
du tube devenant la moelle épinière (fig. 44, M).

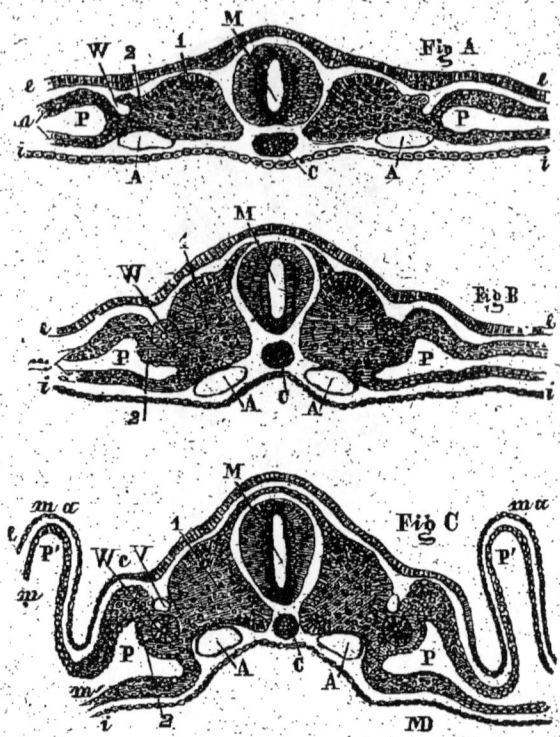

FIG. 44. — Coupes transversales d'un embryon de Poulet *.

Au-dessous de la gouttière médullaire, apparaît

* Fig. A, au 2ᵉ jour; fig. B, au 3ᵉ jour; fig. C, à la fin du 3ᵉ jour : *ee*,
feuillet externe; *ii*, feuillet interne; *m*, feuillet musculo-cutané, ou somatopleure; *m'*, feuillet fibro-intestinal, ou splanchnopleure. — P, cavité
pleuro-péritonéale *(cœlome)*. — M, moelle épinière. — C, corde dorsale. —
1, masse prévertébrale — 2, germe uro-génital de Waldeyer. — W, canal
de Wolff. — A, aorte. — V, veine (Mathias Duval).

un cordon cylindrique longitudinal, de structure cellulaire, qui se sépare de l'endoderme, et forme le rudiment de l'axe vertébral. C'est la *corde dorsale,* ou *Notocorde* (fig. 44, C), légèrement renflée à l'extrémité antérieure, effilée au contraire à l'extrémité postérieure ; autour d'elle se développent les vertèbres, qui constituent le squelette axial, ou colonne vertébrale, dont la position inférieure par rapport au névraxe est un caractère essentiel du type vertébré (fig. 44).

Pendant que se produisent ces phénomènes, la tache embryonnaire s'est étendue et un peu étranglée en son milieu ; on y distingue alors deux parties dont l'une médiane (*zone rachidienne*) a son axe occupé par la gouttière médullaire, et l'autre marginale, plus foncée, entoure la première (*zone pariétale*). Dans la zone rachidienne, on voit apparaître, de chaque côté du tube médullaire, des bandes de forme rectangulaire, plus sombres, qui annoncent un commencement de division transversale, ou métamérisation de l'embryon, et qu'on nomme *protovertèbres*. Il s'en forme une première paire dans la région moyenne, puis une seconde, une troisième, et ainsi de suite, d'avant en arrière (fig. 45).

Ces plaques protovertébrales prennent naissance

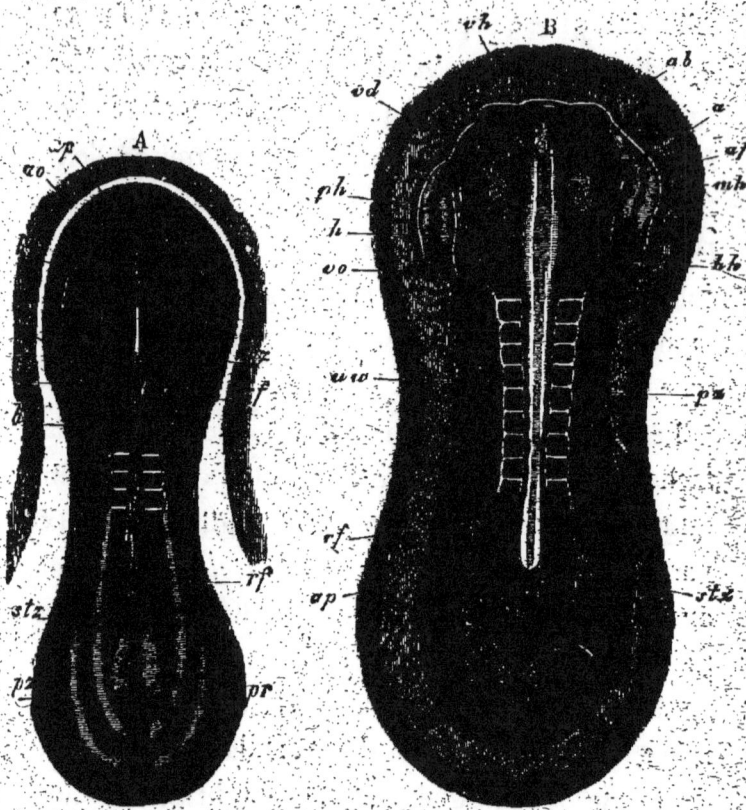

FIG. 45. — Embryons de Lapins d'environ neuf jours, vus par la face dorsale *

* A, grossi 22 fois, et B, 21 fois. — *ap*, aire pellucide. — *rf*, gouttière médullaire. — *b'*, plaque médullaire dans la région du futur cerveau antérieur. — *b''*, plaque médullaire dans la région du futur cerveau moyen. — *vb*, cerveau antérieur. — *ab*, vésicule optique. — *mb*, cerveau moyen. — *bb''*, cerveau postérieur. — *uw*, somite mésoblastique. — *stz*, zone vertébrale. — *pz*, zone latérale. — *bz* et *b*, cœur. — *ph*, région péricardique de la cavité générale. — *vo*, veine vitelline. — *af*, repli amniotique (d'après Kölliker).

par épaississement du mésoderme de la zone rachidienne; celui-ci se sépare par une scission verticale du mésoderme de la zone pariétale, qui reste indivis, et constitue ce qu'on nomme les *plaques*, ou *lames latérales*. Cette portion du mésoderme se dédouble suivant son épaisseur, sauf sur une bande étroite, le long des protovertèbres, en deux feuillets dont nous avons déjà indiqué l'existence : l'un externe, appliqué contre l'ectoderme (*lame musculo-cutanée*), et formant avec lui la *Somatopleure* de Balfour ; l'autre interne (*lame fibro-intestinale*), uni à l'endoderme, et formant avec lui la *Splanchnopleure*. On sait que l'espace compris entre ces deux feuillets a reçu le nom de Cavité générale du corps, ou *Cœlome* (Hæckel) (fig. 44).

Ainsi se montrent les premiers traits de l'organisation dans l'embryon. On voit que celui-ci est, chez les Vertébrés, en rapport avec le vitellus par sa face ventrale, tandis que la face extérieure et dorsale est libre. A cause de cette disposition, on a qualifié ces animaux d'*épivitellins*, par opposition à ceux qui ont leur vitellus situé dans la région dorsale, et qu'on a appelés *hypovitellins*.

L'aire embryonnaire, où l'embryon n'est encore qu'à l'état d'ébauche, s'est présentée jusqu'ici comme un simple épaississement, formant sur la vésicule blastodermique une sorte de calotte, mais des changements surviennent bientôt qui en modifient la forme générale. On la voit, en effet, qui s'incurve par ses extrémités et par ses bords, du côté ventral, de façon à présenter bientôt l'aspect d'une nacelle dont les flancs sont formés par les lames latérales recourbées, qui prennent alors le nom de *lames ventrales*. Il se produit ainsi, à la face inférieure de l'embryon, une cavité doublée par la splanchnopleure; c'est la *cavité intestinale* qui, d'abord largement ouverte, tend à se fermer peu à peu par le rapprochement de ses bords. Il en résulte que la splanchnopleure, et la cavité blastodermique qu'elle limite, subissent un étranglement qui les divisent en deux parties : l'une, intra-embryonnaire, très petite, comprise dans la cavité intestinale; l'autre, extra-embryonnaire, sorte de poche suspendue au corps de l'embryon, et renfermant un dépôt de matière nutritive (fig. 46).

Vésicule vitelline et membranes embryonnaires : Allantoïde et Amnios. — C'est cette poche qu'on nomme *Vésicule vitelline*, ou *Vésicule ombilicale*. Elle communique d'abord avec la cavité intestinale par une large ouverture (*ombilic intestinal*), qui va diminuant au fur et à mesure que l'embryon s'incurve davantage, et que les lames ventrales se rapprochent l'une de l'autre, jusqu'à son occlusion

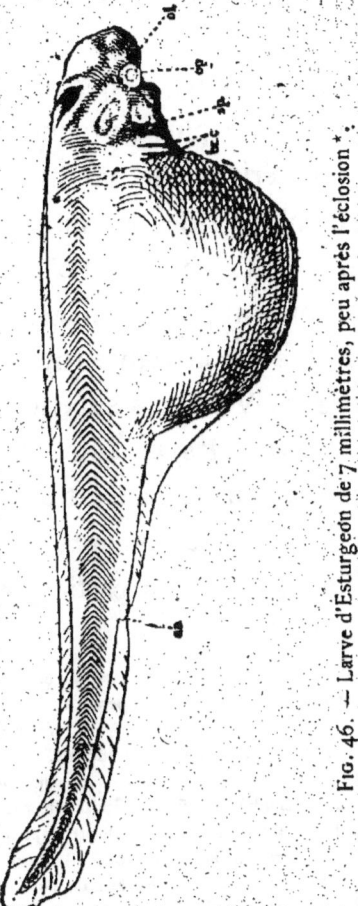

FIG. 46. — Larve d'Esturgeon de 7 millimètres, peu après l'éclosion *.

complète donnant naissance à l'ombilic cutané. Il y a une phase intermédiaire où elle est en rapport

* *ol*, fossette olfactive; *op*, vésicule optique; *sp*, évent; *brc*, fentes branchiales; *an*, anus.

avec cette cavité par un pédicule creusé d'un canal, qu'on appelle *pédicule* et *canal vitellins* (fig. 47, *o*).

La vésicule ombilicale a une durée variable, suivant qu'elle fournit plus ou moins longtemps à l'animal les matériaux de sa nutrition. Chez l'homme et la plupart des Mammifères, elle disparaît promptement; chez les Poissons, au contraire, on voit souvent le jeune nager en la portant encore suspendue à son ventre (fig. 46).

Il existe chez les Vertébrés supérieurs (Mammifères, Oiseaux et Reptiles) un autre organe temporaire de nutrition, qui sert à mettre l'embryon en rapport avec le milieu ambiant : c'est la *vésicule allantoïde*. Elle naît dans la partie postérieure de

* A, portion de l'œuf avec la membrane vitelline et l'aire embryonnaire. — B, C, D, E, F, stades divers du développement. — 1, membrane vitelline. — 2, feuillet externe du blastoderme. — 2', vésicule séreuse formée par ce feuillet. — 3, feuillet moyen du blastoderme. — 4, son feuillet interne. — 5, ébauche de l'embryon futur. — 6, capuchon céphalique de l'amnios. — 7, capuchon caudal. — 8, extrémité du capuchon céphalique tendant à rejoindre l'extrémité correspondante du capuchon caudal. — 8', ombilic amniotique; 9, cavité cardiaque. — 10, feuillet externe fibreux de la vésicule ombilicale. — 11, feuillet externe fibreux de l'amnios. — 12, feuillet interne du blastoderme qui formera l'intestin. — 13, 14, feuillet externe de l'allantoïde s'étendant à la face interne de la vésicule séreuse. — 15, le même appliqué complétement à la face interne de la vésicule séreuse; *o*, vésicule ombilicale; *al*, vésicule allantoïde; *a*, cavité amniotique.

Les lignes ponctuées indiquent les parties qui appartiennent au feuillet interne du blastoderme ; les lignes pleines, celles qui appartiennent au feuillet moyen; les lignes à traits interrompus, celles qui appartiennent au feuillet externe.

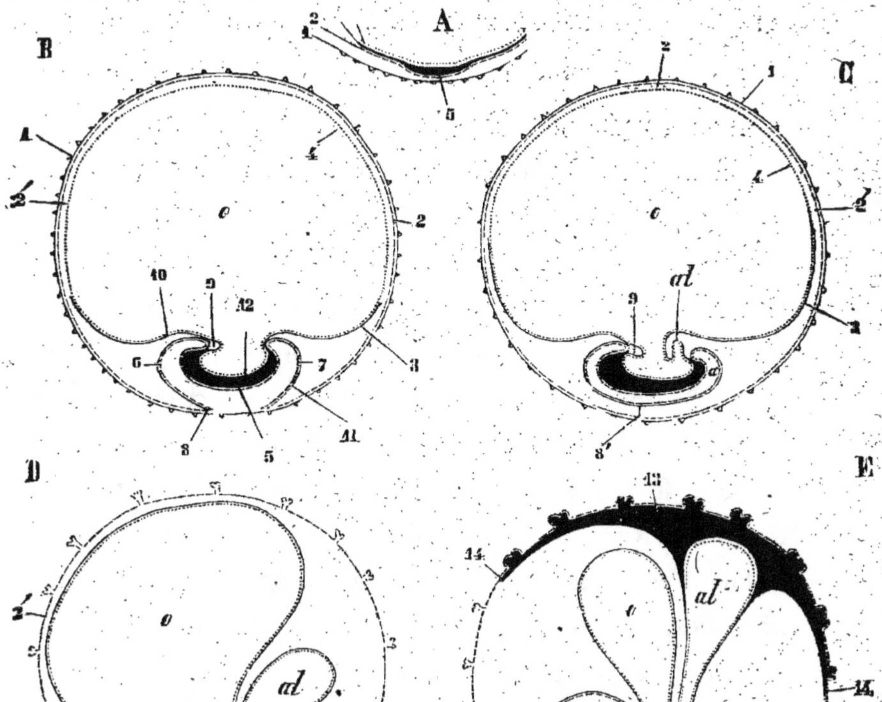

FIG. 47. — Développement des feuillets du blastoderme *.

la fosse ventrale sous forme d'un petit mamelon qui se creuse bientôt d'une cavité; elle grandit rapidement, refoulant la splanchnopleure dont elle est en quelque sorte coiffée, sort de l'abdomen par l'orifice ombilical et vient s'appliquer à la face interne de l'ectoderme. (fig. 47, *al*). On y distingue donc une portion intra-embryonnaire et une portion extra-embryonnaire; la première (pédicule de la vésicule allantoïde) persiste chez les Mammifères où elle forme la vessie urinaire; elle se détruit chez les Reptiles et les Oiseaux; la seconde, s'étalant à la face interne de l'ectoderme, fournit une double lame membraneuse à l'enveloppe extérieure de l'œuf, ou *Chorion*.

La vésicule allantoïde est riche en vaisseaux et joue un rôle important dans la nutrition de l'embryon. Sa présence caractérise les Vertébrés des trois premières classes et leur a valu le nom d'*Allantoïdiens* que leur a donné H. Milne Edwards, tandis qu'il a appelé *Anallantoïdiens* ceux qui en sont dépourvus, Batraciens et Poissons[1].

Chez les Vertébrés pourvus d'une Allantoïde, l'ectoderme doublé de la lame externe du méso-

---

[1] H. Milne Edwards, Considérations sur quelques principes relatifs à la classification naturelle des animaux (*Ann. des sc. nat.*, 3e série, 1844, t. I, p. 65).

derme, autrement dit la Somatopleure, forme à l'embryon une enveloppe particulière qui n'existe pas chez les Vertébrés inférieurs, et qui doit nous arrêter un instant : cette enveloppe, c'est l'*Amnios*. Son mode de formation est facile à saisir à l'aide de la figure 47.

A mesure que l'embryon s'infléchit et se recourbe sur lui-même, comme on l'a vu plus haut, la somatopleure se soulève autour de lui et forme un repli qui le circonscrit de toutes parts. Ce repli dirigé vers la face dorsale de l'embryon est beaucoup plus prononcé aux deux extrémités que sur les côtés ; on désigne sous le nom de *capuchon céphalique* la portion qui enveloppe la tête, et sous le nom de *capuchon caudal* celle qui est à l'opposé. Les capuchons, et les bords latéraux du repli, marchant à la rencontre les uns des autres, se rapprochent au iopnt de ne plus circonscrire qu'une ouverture *(ombilic amniotique)*, puis finissent par s'affronter, se réunir, et l'embryon se trouve alors enkysté dans une poche, qui n'est autrechose que l'amnios, où il baigne dans un liquide séreux appelé *eau de l'amnios*, ou *liquide amniotique*.

En se repliant ainsi que nous venons de le voir, la somatopleure donne naissance à deux lames membraneuses ; l'une, la plus interne qui entoure

l'embryon et constitue l'amnios, l'autre qui re-
garde la membrane vitelline et s'unit à elle comme
partie constituante de l'enveloppe externe de l'œuf,
ou *chorion;* plus tard, celui-ci comprend en outre
les deux lames accolées de l'allantoïde qui le tapis-
sent intérieurement.

L'amnios se rencontre, comme nous l'avons dit,
chez les mêmes animaux qui ont une allantoïde,
de façon que les expressions souvent employées
et proposées par Hæckel, d'*Amniotes* et *Anamniotes,*
sont synonymes de celles que nous avons indiquées
plus haut, d'Allantoïdiens et Anallantoïdiens, employées antérieurement par H. Milne Edwards.

Placenta. — Chez les Mammifères ordinaires, et
par conséquent chez l'homme, de la vésicule allantoïde dérive un organe transitoire important, le
placenta, par lequel l'embryon est fixé dans le sein
de sa mère.

Chez eux, en effet, le vitellus ne suffit pas pour
fournir à l'embryon les matériaux nécessaires à son
développement jusqu'au moment de la naissance,
et le jeune puise alors dans l'organisme maternel,
par l'intermédiaire du placenta qui s'est développé,
les éléments de sa nutrition. L'existence de cet organe, qui met ainsi en relations la mère et l'embryon, sert de base à la division des Mammifères,

établie par Owen, en *Placentariés* et *Implacentariés*.

Le placenta est formé par des villosités vasculaires très développées du chorion, ou *cotylédons*, qui reçoivent le sang des vaisseaux allantoïdiens (fig. 48). Il est implanté sur les parois de l'utérus

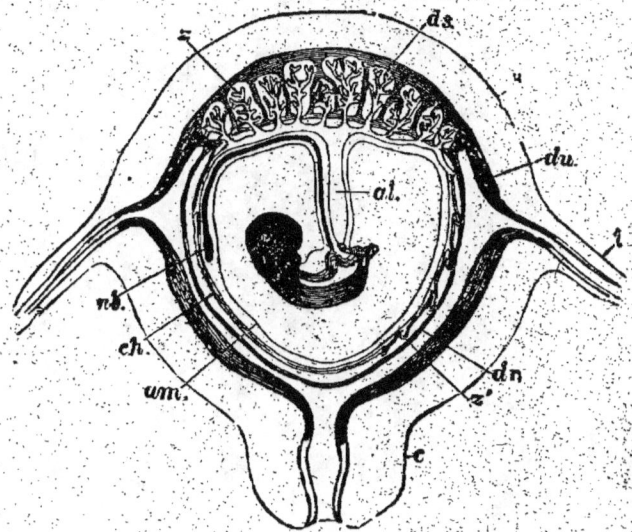

FIG. 48. — Coupe diagrammatique de l'utérus humain gravide avec le fœtus qu'il contient*.

qui se garnissent dans les parties correspondantes de productions vasculaires analogues, constituant ce qu'on nomme le placenta maternel, tandis qu'on appelle placenta fœtal, l'assemblage des coty-

* *al*, pédoncule allantoïdien ; *ub*, vésicule ombilicale ; *am*, amnios ; *cb*, chorion ; *ds*, caduque sérotine ; *du*, caduque vraie ; *dr*, caduque réfléchie ; *l*, trompe de Fallope ; *c*, col de l'utérus ; *u*, utérus ; *z*, villosité fœtale du placenta vrai ; *l'*, villosité de la partie non placentaire du chorion (A. Ecker).

lédons. Il n'existe entre les deux placentas que des
rapports de contiguité et les phénomènes d'échange
dont ils sont le siège sont des phénomènes d'os-

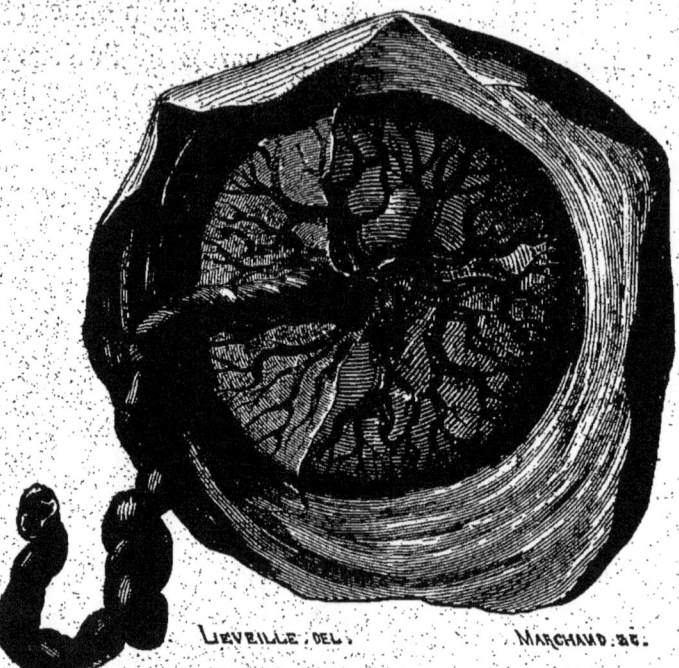

LIEVEILLE, DEL.   MARCHAND, SC.

FIG. 49. — Placenta humain. Face externe ou utérine.

mose; il n'y a jamais communication directe entre
les vaisseaux de l'un et de l'autre. C'est pourquoi
la séparation peut s'en faire souvent, sans entraîner aucune déchirure; d'autres fois cependant il y
a une adhérence assez grande entre la muqueuse
utérine et le placenta pour que celui-ci, en se dé-

tachant, entraîne une partie de cette muqueuse qui forme alors ce qu'on appelle la *décidua* ou *membrane caduque*, d'où la division établie par Huxley des Placentariés en *Décidués* et *Adécidués*, suivant qu'ils ont ou non une membrane caduque, Le placenta n'a pas toujours la même forme chez les différents animaux qui en sont pourvus ; chez l'homme et les autres primates, il est discoïde (fig. 49), et le nom de placenta vient de ce qu'il a été comparé à un gâteau (πλακοῦς, gâteau).

Nutrition de l'Embryon. — La vésicule ombilicale et l'allantoïde servent à l'accomplissement des actes nutritifs nécessaires à la vie de l'embryon. Celui-ci tire, soit du dépôt vitellin, soit de l'organisme maternel, les éléments dont il a besoin, et l'échange respiratoire corrélatif des phénomènes de nutrition s'effectue par l'intermédiaire de l'un ou de l'autre de ces organes transitoires. Cette fonction implique le développement d'une circulation sanguine (fig. 50) ; chez les Anallantoïdiens elle se fait uniquement dans la vésicule ombilicale qui seule suffit pendant la période embryonnaire à la nutrition et à la respiration de l'animal. Chez les Allantoïdiens, à cette circulation ombilicale ou vitelline succède celle qui s'exécute au moyen de l'allantoïde, circulation allantoïdienne, ou placentaire s'il y a un placenta. Chez les Oiseaux et les

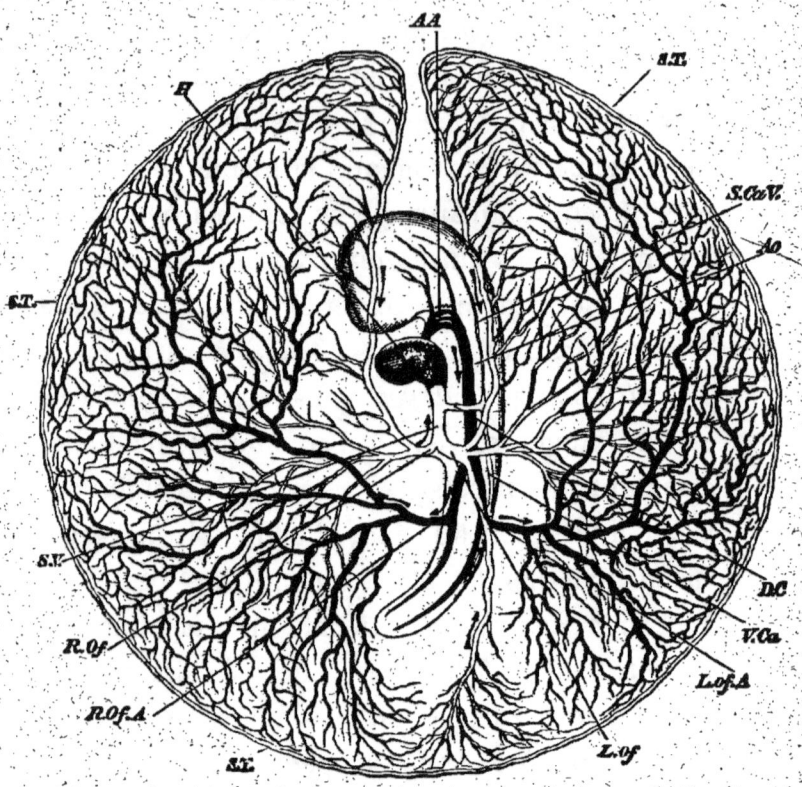

FIG. 50. — Diagramme de la circulation du sac vitellin à la fin
du troisième jour de l'incubation *.

Reptiles, quand l'allantoïde est formée et devient

* H, cœur. — AA, 2°, 3° et 4° arcs aortiques. — AO, aorte dorsale. —
L.of.A, artère vitelline gauche. — R.of.A, artère vitelline droite. — S.T,
sinus terminal. — L.Of, veine vitelline gauche. — R.O f, veine vitelline
droite ; S.V, Sinus veineux. — D.C, canal de Cuvier. — S Ca.V, veine cardinale supérieure. — V.Ca, veine cardinale inférieure.

le siège de l'hématose, la vésicule ombilicale, qui avait servi jusque-là comme organe de nutrition et de respiration, ne reste plus chargée que des fonctions nutritives. Chez les Mammifères, le rôle de cette vésicule est très réduit et sa durée beaucoup plus courte ; le placenta une fois constitué sert à puiser dans l'organisme maternel les sucs nutritifs tout élaborés, en même temps qu'à opérer les échanges respiratoires : c'est tout à la fois un organe de respiration et de nutrition.

Nous ne saurions entrer dans l'exposé des phénomènes qui s'accomplissent au cours du développement de l'embryon pour la constitution des différents systèmes organiques qui entrent dans la composition du corps. Ce serait tout un traité d'Embryogénie à écrire[1]. Nous n'aurons, au point de vue spécial où nous nous sommes placé, qu'à envisager avec quelque détail le mode de formation des appareils qui fournissent les éléments reproducteurs mâle et femelle ; c'est-à-dire le sperme et l'ovule, dont nous avons fait connaître le rôle physiologique.

Au moment de la naissance, le jeune animal n'a

[1] Nous renvoyons le lecteur au *Traité d'embryologie et d'organogénie comparée* de Francis Balfour, traduit par H.-A. Robin et F. Mocquard, 1883-1885.

pas accompli tout son développement; celui-ci est plus ou moins avancé suivant les cas, mais il se continue après la naissance et amène des modifications parfois considérables de l'organisme. Tout le monde sait que dans cette période de développement, qu'on peut appeler post-embryonnaire, le corps s'accroît, augmente de volume et subit des changements qui en modifient plus ou moins la forme extérieure. Il arrive ainsi au plus haut degré de perfection qu'il puisse atteindre, degré qui correspond à l'âge où il a acquis la faculté de se reproduire. Mais à ce stade en succèdent d'autres, marqués par des modifications nouvelles qui ont en quelque sorte un caractère régressif, et sont en rapport avec la déchéance progressive de l'organisme qui, passant par les diverses phases de la vieillesse, est ainsi conduit au terme de son existence, à la mort. On voit donc qu'il n'y a jamais de véritable temps d'arrêt dans l'évolution de l'être vivant depuis son commencement jusqu'à sa fin.

CHAPITRE IV

LA DIFFÉRENCIATION DES SEXES

Glandes sexuelles : testicules et ovaires. — Hermaphrodisme. — Séparation des sexes, ou Gonochorisme. — Développement de l'appareil génito-urinaire. — Constitution des conduits vecteurs : canal déférent et oviducte. — Accouplement et organes génitaux externes. — La sexualité et ses caractères. La puberté dans les deux sexes; modifications qu'elle détermine. — La menstruation chez la femme; ses variations. — Les glandes mammaires.

Glandes sexuelles : testicules et ovaires. — Chez les animaux à génération sexuelle qui forment, comme on sait, l'immense majorité, les éléments reproducteurs prennent naissance dans les cas les plus simples, en des points du corps qui ne sont pas différenciés, de sorte qu'il n'y a pas d'organes spéciaux pour leur formation ; c'est ce qu'on observe chez certains animaux inférieurs, tels que les Cœlentérés. Mais le plus souvent, les parties productrices de ces éléments présentent des caractères particuliers de structure qui les distinguent des parties voisines ; elles constituent alors des glandes *(glandes sexuelles)*, et, suivant qu'elles sécrètent le sperme ou les ovules, on leur donne le nom de *testicules* ou d'*ovaires*.

Les organes génitaux se présentent rarement à l'état de simples glandes dont les produits tombent, soit au dehors, soit dans la cavité générale du corps (Echinodermes). En général, ils se compliquent par l'adjonction de parties accessoires destinées à évacuer les produits et à les mettre en présence pour que la fécondation puisse avoir lieu. Les appareils qui se constituent ainsi offrent des dispositions très variées dans les différentes classes d'animaux, et se composent de parties diverses d'origine, adaptées au rôle spécial qu'elles doivent remplir dans la génération.

Une première division s'établit entre les animaux sexués, suivant que les deux éléments génésiques, liqueur séminale et ovules, sont produits par le même individu ou par des individus différents.

Hermaphrodisme. — On appelle *hermaphrodites*, ou *androgynes*, les animaux chez lesquels les sexes sont réunis, qui sont ainsi à la fois mâles et femelles, et on donne à cet état le nom d'*hermaphrodisme*. Dans ce cas, il n'est besoin que d'un seul individu pour la conservation de l'espèce,

puisqu'il produit les deux éléments dont l'action
réciproque a pour résultat le développement
de l'embryon. On en trouve un exemple dans

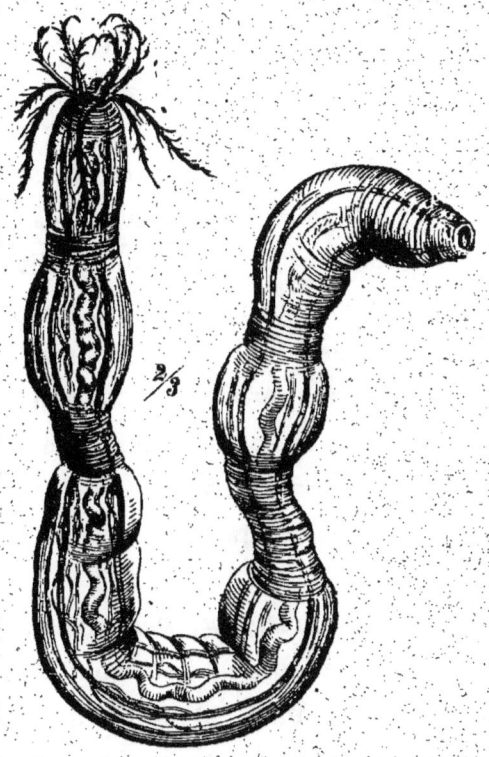

FIG 51. — Synapte de Duvernoy.

les Synaptes (fig. 51), curieux animaux marins
de la classe des Holothurides, qui ont été, il y a
quarante ans, l'objet d'une remarquable étude de
M. de Quatrefages et qui sont capables, comme

l'a observé ce naturaliste, de se féconder eux-mêmes[1].

L'hermaphrodisme est alors aussi complet que possible, et on le dit *suffisant* ou *vrai ;* mais c'est là l'exception, et le plus souvent, quoique le même animal porte les organes mâle et femelle, ceux-ci fonctionnent dans des conditions qui ne permettent pas à leurs produits de se rencontrer, de sorte qu'ils restent sans emploi s'ils n'arrivent pas au contact d'éléments fournis par un autre individu, dont le concours devient ainsi nécessaire. Dans ce cas la reproduction exige donc le rapprochement de deux individus et l'hermaphrodisme est dit alors *insuffisant ;* les escargots en sont un exemple bien connu.

Cette forme d'hermaphrodisme établit le passage entre cet état et la séparation des sexes, ou *Gonochorisme* de Hæckel.

Séparation des sexes, ou Gonochorisme. — Cet état de diœcie dérive de l'hermaphrodisme dans l'évolution des animaux, et constitue la forme la plus perfectionnée de la génération sexuée, mais cette forme ne diffère par rien d'essentiel de la première et ne se produit que secondairement. Il résulte, en effet, des recherches modernes, de

---

[1] De Quatrefages, Mémoire sur le Synapte de Duvernoy (*Ann. des sc. nat.*, 2e série, 1842, t. XVII).

celles de Waldeyer[1], en particulier, que, chez les
animaux supérieurs, la glande génitale primitive
renferme tout à la fois les rudiments de l'ovaire et
du testicule, dont l'un se développe ultérieurement
tandis que l'autre s'atrophie suivant le sexe.
L'embryon présente donc au début une conformation hermaphrodite, et le dimorphisme sexuel ne
s'accuse chez lui que progressivement ; ainsi le
jeune embryon a d'abord un caractère neutre,
il n'est ni mâle ni femelle, mais il est susceptible
de devenir l'un ou l'autre, et le sexe qu'il acquiert
résulte de la marche différente du développement
dans les deux cas. C'est là une constatation du plus
haut intérêt, qui montre comment se réalise la séparation des sexes, mais qui ne nous en dévoile pas
cependant la cause déterminante. Cette cause,
arrivera-t-on jamais à la connaître ? Il est permis
d'en douter.

Chez les animaux d'une organisation élevée, la
séparation est de règle et ne souffre que de rares
exceptions. On n'en rencontre quelques-unes que
chez les Poissons, parmi les Vertébrés, et Aristote
avait déjà signalé celle que présente un genre de
Percoïdes, les Serrans, qui se trouvent sur nos côtes.

[1] Waldeyer, *Eierstock und Ei*, Leipzig, 1870.

Ce fait a été vérifié de nos jours par un observateur marseillais, M. Dufossé[1], mais on ne connaît qu'un très petit nombre de cas semblables.

Développement de l'appareil génito-urinaire. — Le développement des organes sexuels des Vertébrés, et de l'homme en particulier, dont nous avons maintenant à nous occuper, présente les rapports les plus étroits avec celui de l'appareil urinaire, et l'étude ne peut en être séparée ; c'est à cause des connexions intimes qu'ils ont entre eux qu'on désigne ces organes sous le nom de *génito-urinaires*.

A une époque peu avancée du développement, mais variable suivant les animaux, on voit apparaître dans la région dorsale du corps, et de chaque côté de la colonne vertébrale, la première trace des organes génito-urinaires. C'est d'abord le rein précurseur, ou *pronéphros*, organe d'une existence temporaire et destiné à disparaître ultérieurement. Il communique, d'une part, avec la cavité générale par un ou plusieurs orifices ciliés infundibuliformes, et d'autre part avec un canal excréteur qu'on appelle *canal segmentaire*, ou *canal de Wolff*. Ce canal persiste pendant toute la vie

[1] Dufossé, De l'hermaphrodisme chez certains Vertébrés (*Ann. sc. nat.*, 4e série, 1858, t. XV).

et devient le point de départ des conduits génitaux
et urinaires.

Au rein précurseur succède le rein primitif
(*mésonéphros*, ou *corps de Wolff*). Il présente une
disposition segmentaire et se compose d'une série
de tubes glandulaires qui s'ouvrent, par une extrémité en forme d'entonnoir dans la cavité générale,
et par l'autre dans le canal de Wolff (fig. 52).

FIG. 52. — Diagramme représentant la disposition primitive du rein
chez un embryon d'Elasmobranche *.

Chez les Vertébrés supérieurs, ou Allantoïdiens,
le rein primitif ne subsiste qu'à l'état de vestiges,
perd sa fonction urinaire qui est alors remplie par
un organe nouveau, le *rein définitif*, ou *métanéphros*.

Ces transformations de l'appareil rénal sont
intimement liées au développement des organes

---

* *pd*, canal segmentaire ; il s'ouvre en o dans la cavité générale et à son
autre extrémité dans le cloaque. — *x*, ligne suivant laquelle s'opère la division du canal segmentaire en canal de Wolff en dessus et canal de Müller
en dessous ; *st*, tubes segmentaires ; ils s'ouvrent à une extrémité dans
la cavité générale, à l'autre dans le canal segmentaire.

génitaux. Chez les Vertébrés, les glandes génitales
prennent naissance de bonne heure par différenciation de l'épithélium péritonéal, de chaque côté,
dans la région dorsale de la cavité générale, sous
forme de cellules, qui se distinguent des cellules
épithéliales environnantes par leur volume plus
considérable et la grosseur de leur noyau granuleux. Ce sont les *cellules sexuelles primitives*. Ces
cellules sont d'abord à l'état indifférent, et rien ne
permet de reconnaître si elles deviendront plus
tard des œufs, ou si elles se transformeront en
spermatozoïdes. A l'origine la glande génitale n'a
donc pas de caractère sexuel, mais le sexe ne tarde
pas à s'accuser par une marche différente de l'évolution, suivant qu'elle sera mâle ou femelle ; dans
l'un et l'autre cas, elle contracte dès le début des
rapports particuliers avec le rein primitif. Les
canalicules dont se compose celui-ci pénètrent, en
effet, dans la glande, et s'y ramifient autour des
cellules sexuelles encore à l'état indifférent (ovules
primordiaux). Chez les Vertébrés inférieurs, où
le rein primitif reste comme organe urinaire per-
manent, cette connexion avec la glande génitale
persiste à l'âge adulte. Elle est très nettement accusée chez les mâles, tandis que, chez les femelles,
elle ne laisse que des traces, ou disparaît com-

plètement (fig. 53). Souvent elle est limitée à une

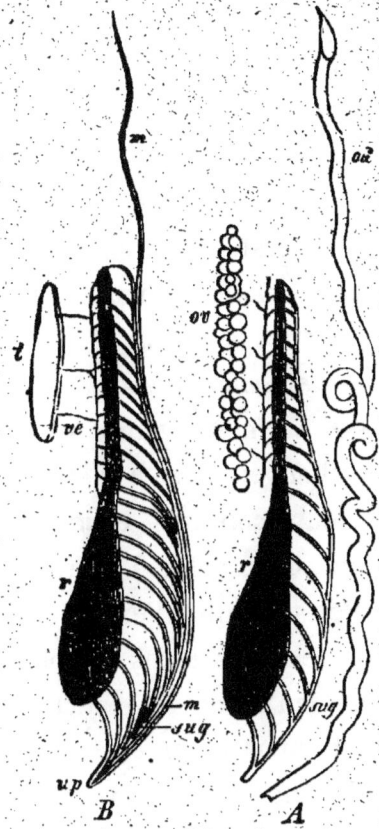

Fig. 53. — Diagramme représentant le système urogénital du Triton*.

portion du rein primitif qui se divise en deux parties, dont l'une, l'antérieure, est en relation avec la

* A, femelle. — B, mâle : r, mésonéphros à la surface duquel on voit
de nombreux entonnoirs péritonéaux ; sug, conduit du mésonéphros, ou
canal de Wolff ; od, oviducte (canal de Müller) ; m, canal de Müller chez
le mâle ; ve, vasa efferentia du testicule ; t, testicule ; ov, ovaire ; up, pore
urogénital (d'après Spengel).

glande génitale, et l'autre, la postérieure, fonc-
tionne comme organe exclusivement urinaire (Sélaciens, Amphibiens). Ces dispositions particulièrement intéressantes ont permis de déterminer la
nature de certaines parties énigmatiques de l'appareil génital des Vertébrés supérieurs, comme
représentant les restes du rein primitif atrophié
(*épididyme* et *paradidyme*, chez le mâle ; *parovaire*
et *paroophoron*, chez la femelle.)

*Constitution des conduits vecteurs : canal déférent
et oviducte.* — En même temps que les glandes
subissent ces changements, il s'en produit d'analogues dans leurs conduits excréteurs. Le canal
du rein primitif, ou canal de Wolff, ne sert chez la
plupart des Poissons qu'à l'excrétion de l'urine ;
mais, chez les Sélaciens et les Amphibiens, on le
voit, par suite de l'union du testicule avec le rein
primitif, fonctionner comme conduit excréteur
commun de l'urine et du sperme ; mais alors, il
s'est en quelque sorte dédoublé par la formation
d'un second canal, parallèle au premier et appelé
canal de Müller (fig. 52). Celui-ci, chez la femelle,
prend un développement considérable et devient
l'oviducte ; chez le mâle, au contraire, il tend à
s'atrophier. Ainsi, au lieu du canal segmentaire
primitivement simple, il en a maintenant deux,

que l'on voit chez les Amphibiens coexister, avec une importance inégale, chez le mâle et chez la femelle (fig. 53). Le premier, ou canal de Wolff, sert à la fois, à l'évacuation de l'urine et du sperme chez le mâle, tandis que, chez la femelle, il sert seulement, comme urètre, au passage de l'urine.

Nous savons que le rein primitif disparaît, en grande partie tout au moins, chez les Vertébrés supérieurs (Allantoïdiens) ; ici le canal de Wolff perd entièrement son rôle dans l'excrétion de l'urine, et reste exclusivement affecté au transport du sperme ; il constitue alors le *canal déférent*. Le canal de Müller, comme chez les Amphibiens, se transforme en oviducte. En définitive le canal du rein primitif, à la suite de ces changements successifs, a passé, peut-on dire, du service de l'organe urinaire au service de l'organe génital, sous forme de canal déférent chez le mâle, et d'oviducte chez la femelle.

Constitués comme on vient de le voir, les conduits génitaux et les conduits urinaires débouchent d'abord, avec l'intestin, dans une cavité commune appelée *cloaque;* cette disposition persiste à l'âge adulte chez les Reptiles et chez les Oiseaux, mais elle n'existe que pendant la vie embryonnaire chez les Mammifères monodelphes, et chez l'homme. A cet état, les canaux de Wolff et de

Müller sont entourés à leur partie inférieure par une gaîne commune, et forment un cordon qu'on

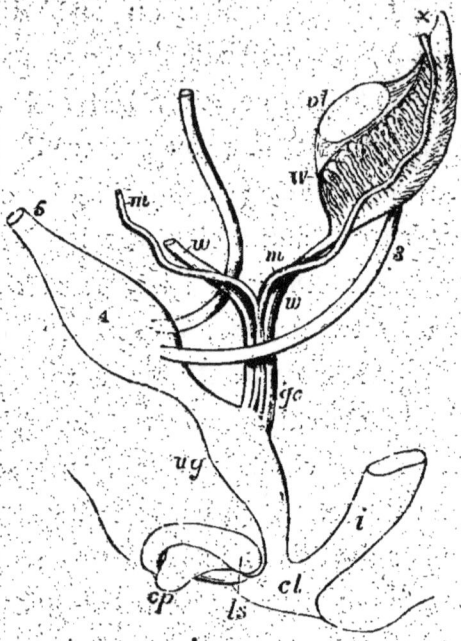

Fig. 54. — Diagramme représentant les organes génito-urinaires d'un Mammifère à l'un des premiers stades*.

désigne sous le nom de *cordon génital* (fig. 54). Les uretères s'ouvrent un peu plus haut que les

* 3, uretère. — 4, vessie urinaire. — 5, ouraque ; *ot*, bourrelet génital (ovaire ou testicule). — W, corps wolffien gauche ; *x*, son sommet, d'où proviennent plus tard les cônes vasculaires ; *w*, canal de Wolff ; *m*, canal de Müller ; *gc*, cordon génital, composé des canaux de Wolff et de Müller enveloppés dans une gaîne commune ; *i*, rectum ; *ug*, sinus urogénital ; *cp*, proéminence qui devient le clitoris ou le pénis ; *ls*, bourrelet dont proviennent les grandes lèvres ou le scrotum (d'après Allen Thomson).

conduits génitaux, dans la partie inférieure dilatée du pédoncule de l'Allantoïde qui forme la vessie urinaire; la partie supérieure de ce pédoncule s'oblitère avant la fin de la vie embryonnaire, et constitue l'*ouraque*. On appelle *sinus urogénital* la poche où débouchent les conduits génito-urinaires, poche qui se sépare du cloaque intestinal par le développement d'une cloison intermédiaire, le *périnée*. Ainsi s'isolent dans leur portion terminale l'appareil génito-urinaire et le tube digestif, qui acquièrent des orifices externes distincts.

Accouplement et organes génitaux externes. — Quand les sexes sont séparés, la rencontre des deux éléments, ovule et sperme, produits par des indi—vidus différents, s'effectue le plus souvent par le rapprochement du mâle et de la femelle dans un acte qui est désigné sous le nom d'*accouplement*, ou de *copulation*. L'appareil génital se perfectionne et se complète alors par l'adjonction de certaines parties affectées à cet usage, et constituant les *organes génitaux externes*. Chez l'homme et chez les Vertébrés supérieurs, on sait que la fécondation est intérieure, c'est-à-dire que la liqueur séminale du mâle est portée dans les voies génitales de la femelle, et il y a des organes copulateurs qui servent à opérer ce transport. A cet effet, les canaux évacuateurs présentent dans leur partie terminale une conformation particulière. Chez le mâle, c'est un appendice érectile qui leur fait suite, et constitue un organe d'intromission, nommé *Pénis*, qui apparaît d'abord, chez l'embryon, sous forme d'une pro-éminence *(tubercule génital)* (fig. 54), située en avant du cloaque.

Chez la femelle, le tubercule génital devient le *clitoris*, qui est ici simplement un organe d'exci-tation génésique; chez elle, les conduits de Müller se fusionnent à leur extrémité sur une certaine étendue, formant ainsi un canal unique nommé *vagin*, et destiné à recevoir l'organe mâle pendant la copulation.

La modification la plus importante de l'appareil génital femelle des Mammifères monodelphes est celle qui consiste dans la formation d'une chambre incubatrice, où s'accomplit le développement de l'embryon jusqu'au moment de la naissance. Cette chambre, qui fait suite au vagin et est constituée comme lui par une portion des canaux de Müller, s'appelle *matrice*, ou *utérus*.

L'utérus est simple chez la femme et les mam-mifères supérieurs par suite de la fusion des deux canaux primitifs; mais cette fusion n'est pas tou-jours complète, et de là des variations nombreuses, suivant qu'elle l'est plus ou moins, depuis la séparation entière des deux utérus jusqu'à leur réunion en un seul organe qui constitue l'état le plus perfectionné.

Nous n'entrerons pas dans plus de détail sur l'anatomie des organes génitaux, car il suffit, pour le but que nous nous proposons, d'en connaître la constitution seulement dans ce qu'elle a d'essentiel.

On a vu que le sexe apparaissait dans l'embryon au moment où les glandes génitales se caractérisaient comme ovaires ou comme testicules; plus tard le sexe s'accuse par la formation des organes génitaux externes, qui dès lors permettent de le déterminer facilement ; dans l'espèce humaine, il est reconnaissable après trois mois de développement par le simple examen de ces parties. Ultérieurement, les différences vont s'accentuant de plus en plus et, sauf dans des cas tératologiques particuliers, la nature du sexe ne laisse aucun doute à l'heure de la naissance.

La sexualité et ses caractères. — Ce n'est pas seulement par les caractères tirés de l'appareil génital que les sexes se distinguent entre eux; le développement de l'organisme, en tant que mâle ou femelle, détermine des modifications corrélatives qui portent sur d'autres parties, et contribuent

pour une large part à la différenciation sexuelle ; on
entend par *sexualité* l'ensemble de ces attributs
propres à l'un ou à l'autre sexe. La sexualité est,
d'une manière générale, d'autant plus marquée
que les animaux ont une organisation plus élevée,
et nous verrons la grande importance qu'elle
acquiert dans l'espèce humaine, où elle prend un
rôle en quelque sorte dominateur.

Après la naissance, les jeunes poursuivent leur
développement, qui est loin d'être complet, et qui
ne s'achève que plus tard, en particulier pour ce
qui touche aux organes et aux fonctions de la génération. On sait que, chez l'homme, il faut un certain
nombre d'années pour que le corps soit entièrement formé et ait acquis les proportions qu'il doit
atteindre. Il passe d'abord par une phase qui
constitue l'*enfance*, et pendant laquelle toute l'activité nutritive étant consacrée à son accroissement,
l'aptitude à la reproduction ne se montre pas
encore. La fin de cette période est marquée par
l'éveil de la puissance génésique, accompagné de
changements caractéristiques qui se produisent dans
l'appareil de la génération, et s'étendent à divers
autres organes. Il en résulte une sorte de transformation, qui se manifeste par des signes particuliers,
et qui indique qu'à l'enfance a succédé un âge

nouveau : c'est l'âge de la *puberté*. A ce moment les caractères propres à chaque sexe prennent toute leur importance, et les dissemblances entre chacun d'eux arrivent au degré le plus élevé.

La puberté dans les deux sexes ; modifications qu'elle détermine. — Avec la puberté, l'organisme atteint son complet développement, et réalise l'état où, parvenu à sa forme parfaite, il est devenu capable de se reproduire, et par là de remplir le but que la Nature semble avoir donné à la vie de tous les êtres animés. Il y a donc lieu d'examiner quels sont les phénomènes qui, pour chaque sexe, caractérisent la puberté.

Chez l'homme, la puberté s'accuse par des modifications portant sur l'appareil de la génération et, en outre, sur diverses parties de l'organisme qui lui sont unies par synergie[1]. L'aptitude génitale se révèle par l'activité de la glande sexuelle devenue propre à sécréter la liqueur séminale. En même temps, on voit le système pileux se développer en différents points du corps, et l'homme acquiert alors la barbe caractéristique de son sexe. Des modifications profondes se produisent dans les

---

[1] On entend par synergie toute association d'actes simultanés, accomplis par des organes anatomiquement indépendants, mais liés par une étroite corrélation fonctionnelle.

qualités de la voix, qui devient plus basse et
change de timbre ; on dit alors qu'elle *mue*. Cette
relation étroite entre les organes producteurs de
la voix et l'appareil génital est particulièrement
remarquable, et nous aurons l'occasion d'y revenir.
Enfin, le corps dans son ensemble prend cette
apparence de force et de vigueur qui est un signe
de virilité. Quand cette évolution est complète, et
que l'homme est arrivé à la pleine possession de
toutes ses facultés, tant physiques qu'intellectuelles
et morales, il est précisément dans l'âge qu'on
appelle l'*âge viril*.

Chez la femme, les changements qui se produisent à cet âge, où elle devient apte à la génération, sont plus marqués que chez l'homme ; ils
témoignent d'une modification plus profonde de
l'organisme, en rapport avec l'activité de ces fonctions nouvelles et la prédominance qu'elles prennent chez elle.

La menstruation chez la femme. — La production
des œufs par l'ovaire, et leur chute périodique,
quand ils sont arrivés à maturité, s'établit alors et
s'accompagne d'un phénomène dont on a longtemps ignoré la signification, celui de l'écoulement
par les voies génitales d'un liquide composé en
grande partie de sang, parfois même formé de

sang presque pur. On appelle *menstrues* le liquide évacué, et on désigne la fonction intermittente qui se manifeste par son écoulement sous le nom de *menstruation*.

Cette fonction propre à l'organisation de la femme traduit par un signe extérieur et apparent le processus qui se fait dans l'ovaire, et aboutit à l'expulsion ou à la ponte d'un ovule. Celui-ci développé, comme on sait, dans une vésicule ovarienne, appelée *vésicule de Graaf*, en sort par rupture de sa paroi, et cette déhiscence vésiculaire est le point de départ du travail menstruel. La chute de l'ovule représente donc le phénomène capital de la menstruation, dont l'origine et la signification ne pouvaient être comprises tant qu'on n'envisageait que le fait extérieur de l'écoulement sanguin ; il fallait pour cela connaître la ponte ovarienne, ou *ovulation spontanée*, selon l'expression employée par Pouchet (de Rouen) et généralement adoptée, et déterminer la relation que cet écoulement a avec elle. La découverte en est assez récente, car elle ne remonte guère qu'à une cinquantaine d'années, et jusqu'alors il n'avait été émis que de vaines hypothèses au sujet de la production des menstrues. Après que l'existence de l'œuf humain eut été démontrée par von Baer, on fut quelque temps à reconnaître que, parvenu à maturité, il se détachait de l'ovaire spontanément, sans l'intervention d'aucune action extérieure, et que sa chute était la cause de l'hémorragie sexuelle. Cette opinion fut formulée pour la première fois presque simultanément en France par Gendrin et Négrier, en 1829 et 1840, et définitivement établie ensuite par les recherches de Pouchet[1] (de Rouen), de Raciborski et de Bischoff.

L'ovulation détermine, outre le flux menstruel, divers phénomènes qui se manifestent dans les organes génitaux, et, de plus, elle retentit sur tout l'organisme d'une manière sensible. L'ovaire, où se fait le travail qui amène la chute de l'œuf, est fortement congestionné et augmente de volume; l'utérus, qui est le siège de l'hémorragie menstruelle, se congestionne également, se gorge de sang, et acquiert des dimensions plus grandes. La muqueuse qui le tapisse devient rouge violacé, perd par places son épithélium, et les capillaires distendus laissent échapper, par rupture de leurs parois, le sang qui y est contenu. Les organes génitaux externes se gonflent aussi sous l'influence d'une circulation plus active; il en est de même

---

[1] Pouchet, *Théorie positive de l'ovulation spontanée*, Paris, 1847.

des seins qui deviennent, en même temps, plus sensibles. Enfin un sentiment particulier de lassitude accompagne cet état, et l'économie tout entière en est impressionnée, comme le témoignent une excitabilité plus grande du système nerveux et souvent des variations d'humeur et de caractère, qui se manifestent pendant la période menstruelle.

La menstruation, avons nous vu, est un phénomène périodique, régulier, qui revient à peu près exactement une fois par mois, d'où les synonymes nombreux qui servent à le désigner : *règles, époques, mois*. Il est temporaire, c'est-à-dire qu'on ne l'observe que pendant une période limitée de la vie, qui commence à la puberté et prend fin avec l'aptitude de la femme à la génération. On appelle *ménopause* la cessation de cette fonction. Il y a, suivant les cas, de grandes variations dans l'âge auquel elle s'établit, et celui auquel elle disparaît. En règle générale, c'est de treize à seize ans qu'elle apparaît, et c'est communément aux approches de la cinquantième année qu'elle cesse. La vie génitale, ou l'activité sexuelle de la femme, est alors terminée, et nous aurons à examiner les changements produits chez elle par la ménopause.

La singularité du phénomène menstruel et sa périodicité avaient de tout temps excité la curiosité, et fixé d'autant plus l'attention que cette fonction semblait avoir une grande importance pour la santé de la femme. Roussel dit à ce propos : « Cet écoulement est dans la femme le signe, et pour ainsi dire la mesure de la santé. Sans lui la beauté ne naît point ou s'efface, l'ordre des mouvements vitaux s'altère, l'âme tombe dans la langueur et le corps dans le dépérissement [1]. »

Comme il arrive toujours en présence d'un fait inexpliqué, on a commencé par bâtir des hypothèses dont l'observation a démontré plus tard la fausseté. Ainsi, le retour mensuel des règles avait été de longue date attribué par une croyance populaire à l'influence des révolutions lunaires. Bien que cette opinion nous semble ne pouvoir supporter l'examen, elle a eu des défenseurs ; elle a été admise dans une certaine mesure par Roussel [2], et on s'étonne de rencontrer encore des personnes, peu éclairées à la vérité, qui y ajoutent foi. Les uns ont attribué le phénomène de la menstruation à l'action d'un ferment, d'autres à une pléthore générale de l'organisme donnant lieu à une évacuation sanguine critique, et Haller pensait que

[1] Roussel, *Système physique et moral de la femme*, Ed. Cerise, Paris, 1860, p. 120.
[2] Roussel, *loc. cit.*, p. 121.

l'intervalle compris entre chaque époque menstruelle correspondait au temps nécessaire pour reconstituer la masse du sang.

Nous ne nous arrêterons pas sur ces hypothèses qui n'ont qu'un intérêt historique, et qui sont tombées d'elles-mêmes quand l'ovulation spontanée a été connue. On s'est alors rendu compte que le retour de ce phénomène déterminait la périodicité des règles, mais nous n'en savons pas davantage sur la cause même de cette périodicité qui apparaît comme l'expression d'une loi naturelle.

Variations de la menstruation. — Les variations que l'on observe dans la menstruation sont dues à l'influence de causes diverses, qui tiennent les unes à la constitution organique individuelle, les autres aux conditions extérieures de milieu. Parfois les règles apparaissent d'une manière précoce, et on a enregistré des cas où elles s'étaient montrées chez des petites filles de six ans, de trois ans, ou même au-dessous. C'est alors à une disposition originelle de l'individu qu'il faut attribuer ce développement hâtif et exceptionnel de l'appareil génital.

« Quand on étudie attentivement le jeu des différents appareils de l'économie, dit Raciborski, on est bientôt frappé de voir que tous ne sont pas

montés au même diapason chez les mêmes individus. Chez les uns ce seront les organes respiratoires et ceux de l'appareil circulatoire qui se
distingueront par leur activité ; chez d'autres, ce
sera le cerveau qui paraîtra le plus richement doté ;
chez d'autres, ce sera l'appareil locomoteur ou le
système sensoriel, etc... C'est ce qui constitue la
puissance relative de chaque système de l'économie,
ou le véritable tempérament. Parmi les femmes,
il y en a qui, dès leur naissance, se distinguent par
la puissance génitale plus élevée que d'autres ; ces
femmes, toutes choses étant égales d'ailleurs,
seront réglées de meilleure heure. C'est dans les
ovaires que se trouve, chez les jeunes filles, le
titre de la puissance génitale, et particulièrement,
en ce qui est relatif à la première menstruation [1]. »

L'hérédité, dont l'influence sur l'organisation est
si grande, se manifeste très nettement dans la
menstruation, et c'est surtout à elle qu'il faut attribuer les différences que présentent à cet égard les
diverses races. Ainsi, aux Indes, les filles nées de
parents européens sont réglées plus tard que les
jeunes Indiennes placées dans des conditions d'existence semblables. Le climat a aussi sur la fonction

[1] Raciborski, *Traité de la menstruation*, Paris, 1868.

menstruelle une action qui a été reconnue de tout temps, et que l'on a même parfois beaucoup exagérée. Il est démontré cependant que, d'une manière générale, la menstruation est plus précoce dans les pays chauds que dans les régions tempérées, plus tardive, au contraire, dans les contrées froides. Les résultats obtenus par Raciborski, qui a réuni sur ce point un nombre immense de données, confirment cette opinion.

D'autres conditions, dépendant du milieu, du genre de vie et des habitudes sociales, interviennent, quoique moins activement, comme causes de variations. Ainsi, d'après les observations de Brierre de Boismont, le séjour des grandes villes hâterait la première apparition des règles, comme il l'a constaté pour les Parisiennes. Il en serait de même du régime alimentaire, et de l'existence confortable dont jouissent les filles appartenant aux classes élevées, chez qui l'activité sexuelle est souvent provoquée par une excitation plus grande d'origine cérébrale, tenant à leur manière de vivre.

Les glandes mammaires. — La menstruation est le signe le plus important de la puberté chez la femme, mais il est accompagné de plusieurs autres, parmi lesquels, en première ligne, nous citerons le développement des glandes mammaires. On sait

que ces glandes appartiennent exclusivement à la
classe des Mammifères, dont elles constituent un
des principaux caractères, et qui en ont tiré leur
nom. Elles existent dans les deux sexes, mais res-

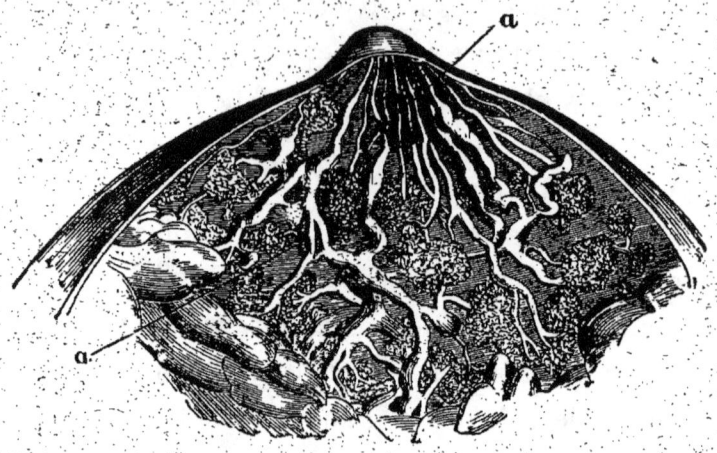

Fig. 55. — Glande mammaire. (coupe) *.

tent rudimentaires chez les mâles; elles fournissent
pour produit de sécrétion le lait qui sert à l'alimentation des jeunes. Situées sur la face ventrale
du corps, elles sont produites par différenciation
des glandes de la peau, et composées d'un grand
nombre de petites ampoules, ou *acini*, dont les
conduits excréteurs, appelés *canaux galactophores*,
se réunissent entre eux de façon à former quelques troncs principaux, qui vont s'ouvrir au som-

* *a*, conduits galactophores.

met de la glande sur une saillie nommée *mamelon*,
ou *tétine* (fig. 55).

La position des mamelles et leur nombre varient
beaucoup chez les différents Mammifères. — Chez
la femme, elles sont au nombre de deux, placées
sur la poitrine, et constituent la *gorge* ou le *sein*,
l'un des attributs de ce sexe qui contribuent le
plus à la beauté de la forme. Jusqu'à la puberté,
les mamelles sont rudimentaires ; alors elles se
développent rapidement et acquièrent le volume
qu'on leur trouve chez l'adulte ; mais elles n'atteignent leur entier développement qu'à la suite de
la conception, pour devenir aptes à sécréter, après
l'accouchement, le lait nécessaire à l'alimentation
du nouveau-né.

Les différences de sexualité atteignent leur plus
haut degré à la période où l'homme et la femme
sont à l'apogée de leur développement et de leur
puissance génitale. Si alors on les compare l'un à
l'autre, on voit qu'à côté des différences sexuelles
proprement dites, il y en a beaucoup d'autres qui
ne sont liées qu'indirectement à l'acte de la reproduction, et constituent ce que Hunter a appelé des
caractères sexuels secondaires. C'est de ces caractères que nous devons maintenant nous occuper.

CHAPITRE V

DES CARACTÈRES SEXUELS SECONDAIRES
EN GÉNÉRAL

Absence de ces caractères chez les animaux inférieurs. — Darwin et la sélection sexuelle. — Lutte entre les mâles pour la possession des femelles. — Les combats et les armes. — La parure et la musique. — Choix exercé par la femelle. — Hérédité limitée par le sexe. — Conformation particulière des mâles chez les Insectes. — Les couleurs et le chant. — Combats chez les Oiseaux. — Ornementation et parade. — La « loi de combat » chez les Mammifères. — La voix, les odeurs et le pelage.

Absence de caractères sexuels secondaires chez les animaux inférieurs. — Les particularités souvent remarquables, propres à l'un ou l'autre sexe, qu'on désigne sous le nom de *caractères sexuels secondaires*, quoique connues chez un grand nombre d'animaux, n'étaient guère envisagées qu'à titre de caractères descriptifs en Histoire naturelle, jusqu'à l'époque récente où l'on s'est rendu compte de l'intérêt très grand qu'elles présentent par leur signification et par leur rôle dans les rapports d'un sexe avec l'autre.

Les différences de cet ordre sont très inégale-
ment développées chez les animaux et ne se rencontrent pas chez tous; elles font défaut dans les
groupes d'une organisation inférieure, et s'accen-
tuent au contraire dans les formes plus élevées.
Ce point, avec quelques autres, avait été indiqué
par H. Milne Edwards qui dit à ce propos :

« Chez les animaux inférieurs, les individus de
sexe différent ne se distinguent entre eux que par
les caractères de l'appareil reproducteur, et, pour
les reconnaître, il est souvent nécessaire d'examiner
attentivement les produits de leurs organes génitaux. Ainsi, chez beaucoup de Mollusques dont les
sexes sont séparés, les mâles ne peuvent être distingués des femelles qu'à l'époque où ils sont prêts
à se reproduire : mais, chez la plupart des animaux
plus élevés en organisation, les différences sexuelles
sont accompagnées de particularités qui portent
sur d'autres parties de l'économie, et qui souvent
n'ont aucune relation apparente avec les fonctions
de la génération. Ces différences sexuelles, que
l'on pourrait appeler *secondaires*, sont très prononcées chez beaucoup d'Insectes, ainsi que chez
la plupart des Mammifères et des Oiseaux; mais
elles ne se manifestent que rarement dans le jeune
âge et, en général, les femelles adultes ressem-

blent aux jeunes beaucoup plus que ne le font les
mâles. Les premières sont des représentants plus
vrais du type moyen de l'espèce ou du genre, et
c'est chez le mâle que se developpent au plus haut
degré les caractères propres de chaque espèce en
particulier. Ainsi, tout ce luxe de plumage, qui
rend beaucoup d'oiseaux si remarquables n'existe
ordinairement que chez le mâle adulte, et c'est
seulement chez les individus du même sexe que
l'on rencontre les formes extraordinaires qui donnent à divers Coléoptères un aspect des plus
bizarres : par exemple, les énormes pinces mandi-
bulaires du Lucane cerf-volant (fig. 56) et les cornes
du Scarabée Hercule.

« La tendance de la Nature semble être de
porter le développement organique plus loin chez
le mâle que chez la femelle et de ne l'effectuer que
plus lentement. Ainsi, chez plusieurs Insectes, la
femelle reste aptère, comme l'est la larve, et il
serait superflu de rappeler que dans l'espèce humaine la précocité de la femme est plus grande
que celle de l'homme[1]. »

Ce passage de l'éminent zoologiste français renferme les données essentielles de la question sou-

[1] H. Milne Edwards, *Leçons sur la physiologie et l'anatomie comparée
de l'homme et des animaux*, t. VIII, p. 330.

levée par l'existence des caractères sexuels secondaires, et qui s'est éclairée d'un jour nouveau dans la théorie de Darwin par l'introduction du principe de la sélection, comme cause modificatrice des organismes.

Darwin et la sélection sexuelle. — C'est en effet l'illustre auteur de l'*Origine des espèces* qui a tout particulièrement appelé l'attention sur les caractères sexuels secondaires, et en a montré l'importance pour la solution de diverses questions de biologie générale. Il a consacré à leur étude et à leur interprétation de longues recherches qui ont fait l'objet d'un de ses ouvrages les plus remarquables[1]. Pour lui l'origine de ces caractères, ou du moins de la plupart d'entre eux, s'explique par la mise en jeu d'une forme particulière de sélection, qu'il désigne sous le nom de *sélection sexuelle*. Il entend par là celle qui résulte des conditions spéciales dans lesquelles le mâle et la femelle s'unissent, et donnent naissance à des descendants auxquels ils transmettent par hérédité les particularités qui, au point de vue de la reproduction, leur donnaient une certaine supériorité.

Partant de cette remarque que des particularités

[1] Darwin, *La Descendance de l'homme et la sélection sexuelle*, Paris, 1872, Reinwald.

de ce genre, quand elles apparaissent à l'état domestique sur un des sexes, se répètent et se développent chez les individus du même sexe dans les générations suivantes, il s'est demandé si les choses ne se passaient pas ainsi dans la nature, et il a reconnu qu'il devait en être de même par suite de la lutte qui s'établit entre les mâles pour la possession des femelles. Cette lutte, moins rigoureuse que celle dont l'existence est le prix et qui a pour effet la sélection naturelle, n'est pas mortelle comme celle-ci, mais elle empêche, ou du moins restreint beaucoup, la reproduction des concurrents malheureux.

Lutte entre les mâles pour la possession des femelles ; les combats et les armes. — D'une manière générale, ce sont les plus forts et les plus vigoureux, ceux qui sont le mieux adaptés aux conditions d'existence où ils se trouvent placés, qui doivent avoir la descendance la plus nombreuse ; mais parfois ce résultat est dû non seulement à plus de vigueur dans l'organisation, mais aussi à l'existence d'armes particulières propres aux mâles, qui assurent la victoire aux mieux doués sous ce rapport. Le bois du cerf, la défense du sanglier, l'ergot du coq sont des armes de cette nature qui servent aux mâles dans leurs luttes pour la con-

quête des femelles. Ceux de ces animaux qui en
seraient dépourvus, étant placés par là dans un
réel état d'infériorité par rapport à leurs rivaux,
auraient peu de chances de se reproduire, tandis
que la victoire qu'elles donnent à ceux qui les possèdent leur assure une descendance. Il se fait ainsi
une sélection en faveur des individus les mieux
armés, et l'effet en est de développer leurs armes
en même temps que leur force et leur courage.
C'est le procédé suivi par les éleveurs de coqs de
combat pour améliorer leurs races par une sélection rigoureuse des meilleurs combattants.

Il y a aussi chez certains animaux des particularités qui leur constituent des armes défensives et
leur sont d'une grande utilité dans les luttes qu'ils
ont à soutenir, car, dit Darwin : « Le bouclier peut
être aussi important pour assurer la victoire que
l'épée ou la lance [1] ». Telle est, par exemple, la
crinière du lion, qui manque à la lionne, et lui sert
efficacement comme moyen de protection contre
les morsures que se font ces animaux dans la
région du cou, quand ils se battent entre eux pour
la possession des femelles.

Ces combats s'observent chez un grand nombre

[1] Darwin, *L'Origine des espèces*, trad. Moulinié, Paris, 1873, p. 93.

d'espèces appartenant à des groupes zoologiques très différents. Parmi les Insectes, les Lucanes en fournissent un curieux exemple (fig. 56); les mâles

Fig. 56. — Lucane cerf-volant.

armés de mandibules puissantes se disputent vaillamment les femelles et portent souvent la trace des blessures reçues dans la lutte. On sait les combats acharnés que se livrent au moment de la reproduction certains Oiseaux, les Gallinacés en

particulier qui sont polygames, pour grossir leur
harem, et le nom de *Combattant* a été donné à un
curieux Échassier qui se fait remarquer par les
habitudes belliqueuses des mâles (fig. 57). De
même, parmi les Mammifères, les Cerfs, par
exemple, au moment du rut, entrent en guerre
les uns avec les autres, et la femelle est le lot du

Fig. 57. — Combattant *(Machetes pugnax)*.

vainqueur. C'est chez les espèces polygames que la
lutte est la plus ardente, et c'est chez elles aussi
que l'on trouve généralement les armes les plus
développées.

La parure et la musique. — Parfois, chez les
Oiseaux surtout, la rivalité des mâles auprès des

femelles ne présente pas ce caractère belliqueux,
et prend plutôt celui d'une lutte courtoise et paci-
fique. C'est tantôt par la séduction de la beauté ou
de la parure, tantôt par le charme de leur chant,
que les mâles attirent les femelles et briguent leurs
faveurs. On a observé, en effet, l'existence, dans
bien des cas de préférences ou d'antipathies entre
représentants de sexe différent, qui prouvent que
l'appariage est déterminé par un véritable choix.
Le chant est un moyen de séduction qui sert à
nombre d'oiseaux. Parfois il y a entre les mâles
un vrai tournoi musical dont la femelle décerne la
palme en faisant du vainqueur son époux. On sait
que le chant mélodieux du Rossignol dans la soli-
tude des bois a pour but d'attirer auprès de lui la
femelle captivée par ses accents amoureux.

Darwin rapporte tous ces faits à la sélection :
« Je crois, dit-il, que lorsque les mâles et femelles
d'un animal ont les mêmes habitudes générales,
mais diffèrent par la conformation, la couleur ou
l'ornementation, leurs différences sont principalement dues à la sélection sexuelle, c'est-à-dire
qu'elles résultent de ce que, pendant quelques
générations successives, certains individus mâles,
ayant été doués de quelques avantages sur les
autres portant sur les armes, leurs moyens de

défense ou leurs charmes, les ont transmis à leur descendance mâle[1]. »

Ces vues du grand naturaliste anglais ont été développées par lui dans l'ouvrage cité plus haut, où il a réuni à l'appui de leur démonstration un nombre infini d'observations et de faits. Nous ne saurions le suivre dans cette vaste et longue étude qui embrasse le règne animal tout entier, et nous nous bornerons à en relever les points essentiels ou particulièrement intéressants.

Darwin a recherché quel devait être le rôle de la sélection dans la différenciation des sexes, et comment on pouvait comprendre son mode d'action; l'explication qu'il en donne repose sur un certain nombre de lois ou de faits généraux, qui se dégagent de l'ensemble des observations portant sur la vie sexuelle des animaux. Ainsi, il a constaté que la poursuite de la femelle par le mâle était de règle commune, et résultait sans doute, soit de ce que les mâles, comme il arrive souvent, sont en nombre plus grand que les femelles, soit de ce qu'ils ont des habitudes polygames. Dans l'un et l'autre cas, il y en aura donc qui ne trouveront pas de femelles pour s'apparier, et ce seront les plus

[1] Darwin, *L'Origine des espèces*, trad. Moulinié, Paris, 1873, p. 94.

SICARD, L'Evolution sexuelle. 10

faibles, les moins bien doués qui, par suite, ne laisseront pas de descendants. Ainsi s'explique la relation assez étroite qu'on observe entre la polygamie et le développement de caractères sexuels saillants.

Choix exercé par la femelle. — Il est notoire que dans les relations qui précèdent l'accouplement, c'est le mâle qui est le plus actif, qui recherche et poursuit la femelle, tandis que celle-ci se montre moins ardente et reste même passive. Elle attend, dit Hunter, « qu'on lui fasse la cour[1] », mais si l'initiative appartient au mâle, la femelle n'en exerce pas moins un certain choix, comme l'a montré Darwin, par de nombreux exemples, et, en définitive, les mâles les plus vigoureux et les plus robustes s'appariant avec les femelles les plus attrayantes et les mieux constituées, leurs descendants héritent des qualités de force et de beauté qui distinguent les parents. On sait, en effet, que l'hérédité joue un très grand rôle dans les phénomènes de sélection, car c'est par elle que les variations survenues dans l'organisation des individus se transmettent à leur descendance; mais ici cette transmission présente une particularité remarqua-

[1] J. Hunter, *Essays and Observations*, éditées par Owen, 1861. I, p. 194.

ble en ce sens qu'elle s'effectue presque toujours au profit des mâles, et à l'exclusion des femelles, les caractères sexuels secondaires ne se rencontrant guère que chez les premiers. Darwin trouve l'explication de ce fait dans diverses conditions propres à chacun des sexes. L'une d'elles consiste dans l'activité qui est nécessaire au mâle pour s'emparer de la femelle, de telle sorte que les qualités spéciales qui assurent le succès de la recherche doivent se développer par sélection, tandis que celle-ci n'a pas lieu de s'exercer chez la femelle au même degré, à cause du rôle beaucoup plus effacé, et en quelque sorte passif, qui lui appartient.

D'ailleurs, une remarque intéressante qui vient à l'appui de cette manière de voir, c'est que le mâle, si l'on en juge par ce qui se passe chez les animaux domestiques[1], est plus sujet à varier que la femelle. Il en serait de même dans l'espèce humaine, d'après diverses observations et, entre autres, celles qui ont été faites au cours du voyage de la *Novara*[2]. Des mensurations prises en grand nombre sur des individus des deux sexes appar-

[1] Darwin, *Variations des animaux et des plantes*, 1868, t. II, p. 79.
[2] *Reise der Novara...*, 1867, p. 216-169.

tenant à différentes races, il ressortirait que chez
l'homme la variation se montre dans des limites
plus larges que chez la femme.

Hérédité limitée par le sexe. — Quelques lois
bien connues de l'hérédité ont aussi une action qui
s'exerce dans le même sens, et dont il y a lieu de
tenir compte : c'est en particulier celle de l'*hérédité
limitée par le sexe.* Darwin entend par là la transmission exclusive de certains caractères au sexe
dans lequel ils ont d'abord apparu, et il en donne
de nombreux exemples, parmi lesquels celui du
chat dont les femelles ont une coloration tri-
colore, tandis que les mâles ont un pelage couleur
de rouille. On a constaté aussi que les caractères
héréditaires apparaissaient souvent chez les descendants aux époques de la vie où ils s'étaient
montrés pour la première fois dans la forme
parente, ou encore se reproduisaient périodique-
ment à différentes saisons, comme on le voit chez
certains oiseaux qui revêtent au moment de la
reproduction « leur parure de noces ».

Mais pourquoi cette transformation limitée à un
seul sexe, quand d'autres caractères sont héréditaires dans les deux ? C'est ce que nous ignorons
entièrement, dit Darwin ; pourtant, il a pu reconnaître les deux règles suivantes comme générales,

« à savoir que les variations qui apparaissent en premier dans chaque sexe à une époque tardive de la vie, tendent à ne se développer que dans le même sexe seul; tandis que celles qui surgissent de bonne heure dans la vie tendent à le faire dans les deux[1] ».

On comprend par là comment les caractères propres du mâle ayant dû apparaître à une période relativement assez avancée, celle où l'animal était devenu apte à se reproduire, lui appartiennent exclusivement, et comment aussi on ne les rencontre pas chez les jeunes, mais seulement chez les adultes. On s'explique de même pourquoi les premiers ont de la ressemblance avec les femelles, comme on l'a vu en commençant. Il y a cependant des cas qui paraissent échapper à la règle, par exemple quand les deux sexes, étant assez semblables entre eux, sont notablement différents des jeunes. Il est probable qu'alors les effets de la sélection sexuelle ont été modifiés par ceux de la sélection naturelle qui, souvent plus puissante, domine la première. Or, en agissant de la même façon sur les mâles et les femelles, la sélection naturelle doit tendre à les modifier dans le même sens pour l'avantage général

[1] *La Descendance de l'Homme...*, t. I, p. 308.

de l'espèce, et comment alors faire la part de chacune de ces deux formes de sélection qui exercent une action inverse ? Aussi, malgré la lumière portée par Darwin dans cet ordre de faits, bien des points restent encore obscurs.

Quelques exemples ne seront pas inutiles pour donner une idée de l'importance que prennent dans certains cas les caractères sexuels secondaires. Parfois le mâle et la femelle diffèrent par la forme et l'apparence extérieure, au point qu'on a pu croire qu'ils n'appartenaient pas à la même espèce. C'est surtout chez les Insectes parmi les Invertébrés, chez les Oiseaux et les Mammifères parmi les Vertébrés, qu'on trouve des cas remarquables de dimorphisme sexuel.

Conformation particulière des mâles chez les Insectes. — Dans la grande classe des Insectes, les sexes sont parfois très dissemblables. Il existe en général une différence de taille, qui est quelquefois grande entre les mâles et les femelles, les premiers étant presque toujours plus petits, et l'on n'en voit guère la raison.

Dans un assez grand nombre d'espèces, tandis que les mâles ont des ailes, les femelles en sont privées, et le cas inverse ne se rencontre jamais, c'est-à-dire que l'on ne connaît aucun mâle aptère

dont la femelle serait ailée. Cette disposition est conforme à l'une des règles formulées par Darwin, et
d'après laquelle les caractères propres à favoriser le
mâle dans la recherche de la femelle doivent se développer spécialement chez lui. Un exemple bien

FIG. 58. — Lampyres, mâle et femelle *(Lampyris splendidula)*.

connu de cette particularité nous est offert par le
Lampyre (fig. 58), dont la femelle, aptère et ver-
miforme, est communément désignée sous le nom
de Ver luisant, à cause de la lumière qu'elle émet.
Un Coléoptère voisin de celui-là, le Drile *(Drilus
flavescens)*, présente un cas des plus curieux de
dimorphisme sexuel (fig. 59). La femelle, dépourvue d'ailes, est si différente du mâle qu'elle a été

décrite, quand on l'a découverte, comme formant
un genre particulier sous le nom de *Cochleoctonus*
(Miclzinski). Les Cochenilles, dont une espèce,
originaire du Mexique, fournit la magnifique cou-

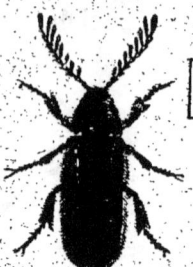

Fig. 59. — Drile flavescent, mâle et femelle (*Drilus flavescens*).

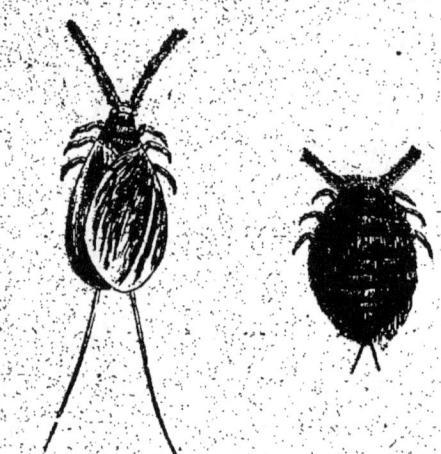

Fig. 60. — Cochenille, mâle et femelle (*Coccus cacti*).

leur rouge appelée *Carmin*, ont aussi des femelles
aptères (fig. 60). Les Mutillidés, insectes hymé-
noptères voisins des Fourmis (fig. 61); certains

papillons, comme les Orgyes (fig. 62), les Psychés
présentent la même particularité.

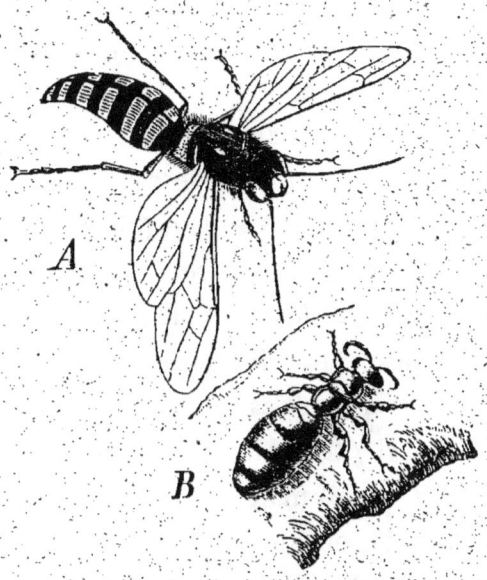

FIG. 61. — Mutillidé. — A, mâle; B, femelle *(Thynnus australis)*.

FIG. 62. — Orgye antique, mâle et femelle *(Orgya antiqua)*.

Les mâles ont parfois les antennes de forme
particulière ; chez les Orgyes, par exemple, elles
sont plumeuses chez le mâle, dentées chez la

femelle. Souvent on observe aussi des conforma-
tions variées, propres aux mâles et leur servant,
soit pour combattre entre eux, soit pour saisir la
femelle et la maintenir pendant l'accouplement;
ce sont parfois les mandibules, comme on en voit
un remarquable exemple dans le Lucane cerf-
volant (fig. 56), parfois les pattes, ou des appendices de l'extrémité caudale (chez les Libellules),
qui sont conformés pour cet usage. Ce sont là des
différences sexuelles dont la signification est facile
à comprendre, mais il n'en est pas toujours ainsi,
et il y a certains caractères dont l'utilité nous
échappe; tel est l'état rudimentaire des pattes antérieures chez les mâles de certains papillons, les
Nymphalidés, où elles sont réduites, par atrophie,
à de simples tubercules.

Les Couleurs et le Chant. — On observe aussi
de grandes différences entre les sexes sous le rapport du dessin et de la couleur. Les mâles ont une
coloration plus brillante et plus variée que les
femelles. Chez les Papillons, le contraste est parfois
si frappant entre les individus des deux sexes que,
maintes fois, on les a considérés comme des
représentants d'espèces différentes. Ainsi, le mâle
du Papillon Priam a les ailes antérieures de velours
noir à bords de velours vert émeraude, et les ailes

postérieures de velours vert émeraude, avec des points jaune d'or et des bords de velours noir ; la femelle, au contraire, a des ailes d'un brun terne, tachetées de blanc. On en avait fait d'abord deux espèces : *Papilio priamus* et *Papilio panthous*.

L'éclat des couleurs joue un rôle important dans la sélection sexuelle, comme moyen de séduction du mâle sur la femelle ; de même, certains sons musicaux paraissent attirer et captiver celle-ci. On en peut donner comme exemple, chez les Insectes, le chant des Cigales qui est produit par les mâles seuls, les femelles n'ayant pas de voix. Cette particularité, connue des Grecs, avait inspiré au poète Xénarque cette réflexion satirique : « Heureux sont ces Insectes qui ont des épouses muettes ! »

Des sons analogues sont produits, quoique de manières différentes, par les mâles d'autres Insectes, Grillons, Sauterelles et Criquets, qui appartiennent à l'ordre des Orthoptères. Nous n'avons pas à nous occuper ici des divers mécanismes de cette stridulation qui, d'une manière générale, résulte du frottement de certaines parties du corps les unes contre les autres. Ce qui nous importe, c'est sa signification ; or, il n'est pas douteux, d'après le témoignage de tous les observateurs, qu'elle serve à attirer la femelle. M. Bates dit, en parlant du Grillon des champs : « On a observé que le mâle se place à l'orifice de son terrier dans la soirée, et se met à chanter jusqu'à ce qu'une femelle s'approche. Alors, aux notes sonores succède un ton plus radouci, pendant que l'heureux musicien caresse avec ses antennes la femelle qu'il a captivée[1]. »

A propos du même insecte, on lit dans Brehm : « Lorsqu'un mâle, au voisinage de l'habitation d'une femelle, chante sa sérénade pour l'attirer, il se tient les pattes écartées, il appuie son thorax contre le sol, soulève légèrement ses élytres et les frotte l'une contre l'autre avec une rapidité extraordinaire. La femelle perçoit cette sérénade par l'intermédiaire de ses organes auditifs. Bientôt elle accourt et frappe le mâle de ses antennes pour l'avertir de sa présence ; celui-ci fait alors silence et répond au salut de la femelle ; il s'étire, s'incline et se redresse, puis il tourne sa tête en tous sens, et l'accouplement se fait[2]. »

Le Dectique verrucivore, grande espèce de sauterelle qui habite le nord et le centre de l'Europe, emploie le même moyen pour appeler la femelle.

[1] Cité d'après Darwin, *La Descendance de l'Homme...*, t. I, p. 378.
[2] Brehm, *Les Insectes*, éd. française, t. I, p. 445.

A la saison des amours, le mâle, au dire de Brehm, commence à faire entendre ses chants. La femelle s'approche de lui, et fait remarquer sa présence par les mouvements de ses longues antennes. « Alors le mâle se tait, rejette ses antennes en arrière et cherche à reconnaître si la femelle s'approche avec des intentions amicales ou non. S'il se trouve convaincu de ses bonnes dispositions, il célèbre sa bienvenue par des sons à la fois ronflants et doux[1]. »

Chez les Cigales, c'est une sorte de tournoi musical qui a lieu entre les mâles, pour charmer les femelles, quand ils font entendre leur chant aux heures chaudes du jour. « On sait qu'ils n'en sont point avares, dit V. Rendu; il suffit d'un beau soleil pour les mettre en belle humeur; c'est à coup de sérénades plus ou moins harmonieuses, mais à coup sûr très assourdissantes, qu'ils convient les femelles à ne pas laisser s'éteindre la race joyeuse des musiciens[2]. »

Combats chez les Oiseaux. — Il existe une grande analogie entre les faits que nous venons d'indiquer chez les Insectes et ceux qu'on observe

1 Brehm, *Les Insectes*, éd. française, t. I, p. 441.
2 V. Rendu, *Mœurs pittoresques des Insectes*, p. 85.

chez les Oiseaux. Beaucoup de mâles parmi ceux-ci combattent pour la possession des femelles, et sont parfois pourvus, à cet effet, d'armes spéciales. On en voit d'autres qui, dans leur poursuite amoureuse, rivalisent entre eux par l'éclat de la parure, ou la séduction de leur chant, et la différenciation des sexes est en rapport avec le développement de ces particularités propres à l'un d'eux, et acquises par sélection.

Dans les combats qu'ils se livrent, les mâles se servent comme armes de leur bec, de leurs pattes et de leurs ailes ; quelques-uns sont munis d'instruments particuliers, conformés pour cet usage, comme les ergots de certains Gallinacés (fig. 63). On connaît l'humeur belliqueuse des Coqs dont les hommes ont tiré parti pour se donner le spectacle de leurs combats, spectacle qui trouve encore des amateurs passionnés dans quelques pays, tels que l'Angleterre. Les ergots dont ils sont armés peuvent faire de cruelles blessures. Le courage des combattants et l'ardeur qu'ils apportent dans la lutte sont extraordinaires, et parfois leur intrépidité va jusqu'à l'héroïsme, comme le montre le fait suivant rapporté par Darwin : « Un de ces oiseaux ayant eu, dans l'arène de combat, les deux pattes brisées par un accident, son propriétaire fit le pari que, si l'on pouvait les lui éclisser de manière à ce qu'il pût se tenir droit, il continuerait à combattre. La chose fut faite et le Coq reprit la lutte avec un courage intrépide, jusqu'à ce qu'il reçût le coup de la mort[1]. »

Fig. 63. — Coq. (*Gallus*).

Il y a un oiseau remarquable de l'ordre des Echassiers, le Combattant, dont nous avons déjà eu l'occasion de parler (*Machetes pugnax*), qui doit son nom à ses mœurs guerrières. Les mâles, plus grands que les femelles, s'en distinguent, en

[1] Darwin, *La Descendance de l'Homme...*, Paris, 1872, t. II, p. 45.

outre, à l'époque des amours, par un plumage aux couleurs variées et par une grande collerette de plumes qui entoure leur cou ; celle-ci leur sert à la fois d'ornement et d'organe de protection. Pacifiques jusqu'au moment de la pariade, ils deviennent alors d'humeur batailleuse, et c'est entre eux une lutte continuelle.

Les Tétras, ou Coqs de Bruyère, présentent un intérêt tout particulier par la bizarrerie et l'étrangeté de leurs allures au moment des amours, car leurs combats sont accompagnés de danses et de chants qui ont pour but de charmer les femelles. Pour cela, ils se réunissent dans des endroits déterminés, où se rendent aussi les femelles qui viennent assister à la fête donnée en leur honneur. A l'aurore, les mâles commencent leur manège en faisant entendre des bruits singuliers, pendant qu'ils prennent des attitudes particulières et hérissent les plumes de la tête et du cou. Ils font entendre une sorte de chant qui rappelle le bruit d'une meule à aiguiser en mouvement, ce qui a fait dire qu'ils *rémoulent*. Il se produit alors chez eux une excitation qui va croissant jusqu'à la fureur, et sous l'empire de laquelle s'engagent entre rivaux des combats acharnés qui peuvent quelquefois devenir mortels.

Ornementation et parade. — L'issue du combat n'est pas la seule cause qui détermine l'appariage, dans lequel intervient aussi le choix de la femelle, qui s'exerce dans une certaine mesure et qui ne se porte pas toujours sur le vainqueur. Ainsi s'explique la présence, chez les mâles, de caractères

Fig. 64. — Lyrure des Bouleaux *(Tetrao tetrix).*

sexuels secondaires propres à augmenter leur beauté ou leur parure, et qu'on rencontre fréquemment chez les espèces belliqueuses aussi bien que chez d'autres. Le petit Coq de Bruyère, ou Lyrure des Bouleaux, dont les mœurs sont analogues à celles du Tétras, en offre un exemple curieux. Les mâles de cette espèce se distinguent des femelles par l'éclat de leur plumage vivement coloré, et par la forme de leur queue fourchue qui rappelle celle

d'une lyre, d'où le nom de Lyrure qu'on leur a
donné (fig. 64). Leurs combats sont précédés par
des parades et des chants dans lesquels ils déploient
aux yeux des femelles tous leurs avantages, et
quoiqu'ils se battent avec ardeur, ils ne se font
jamais beaucoup de mal, de sorte qu'il semble que
ce soit pour eux un jeu guerrier, plutôt qu'une
bataille sérieuse.

FIG. 65. — Cacatoès à huppe jaune *(Plyctolophus sulfureus)*.

La beauté du plumage joue un rôle important
dans la sélection sexuelle chez les oiseaux. Souvent
la tête est ornée de plumets ou de houppes aux
couleurs brillantes, comme on le voit chez les

Perroquets du genre Cacatoès (fig. 65). Parfois, ce sont les plumes placées dans la région de la

Fig. 66. — Oiseau-Lyre (*Menura superba*).

gorge qui se développent en colliers ou en fraises

d'une grande élégance. On sait quel bel ornement forment à certains oiseaux les pennes de la queue, par exemple chez les Paons, qui en étalent toute la magnificence devant les femelles quand ils font la roue. Un oiseau remarquable sous ce rapport est la Lyre (*Menura superba*), qui habite la Nouvelle-Hollande, et qui doit son nom à la forme en lyre que présente la queue du mâle (fig. 66).

Les Oiseaux de Paradis, les Oiseaux-Mouches sont également célèbres par l'éclatant coloris de leur plumage, et tandis que les mâles sont ainsi richement parés, les femelles n'ont ni ornements ni brillantes couleurs. Parfois ce n'est pas d'une façon permanente, pendant toute l'année, que les mâles sont revêtus de leur beau plumage, mais seulement pendant la saison des amours, et on dit alors qu'ils portent leur « parure de noces ». Il y a donc entre ces deux ordres de faits une étroite corrélation.

Les danses et les parades, dont nous avons déjà fait mention, servent aux mâles à déployer toutes les séductions propres à charmer les femelles et à fixer leur choix ; on les observe surtout, en effet, chez les oiseaux pourvus d'ornements ou d'avantages qui peuvent être mis ainsi en relief. Un autre moyen que bon nombre d'oiseaux emploient pour

attirer et captiver les femelles consiste à produire
des sons mélodieux, ou des chants, qui sont
parfois extrêmement agréables à notre oreille. Qui
n'a entendu et admiré celui du Rossignol, ce roi
des chanteurs de nos bois? Or, il n'est pas douteux que ce chant soit un appel amoureux adressé
aux femelles et qu'il ait d'autant plus de chances
d'être entendu qu'il est plus harmonieux. Il en
résulte une grande rivalité entre les chanteurs, et
« c'est lorsque la jalousie s'en mêle, dit Brehm,
que le Rossignol chante le mieux [1] ».

Il est à remarquer que les oiseaux chanteurs, en
général, n'ont pas un plumage brillant, et inver-
sement, que ceux qui sont parés de vives couleurs
ne sont presque jamais mélodieux. Il semble donc
que l'aptitude à chanter remplace chez eux,
comme moyen de séduction vis-à-vis des femelles,
l'éclat de la parure qui leur manque.

Nous nous bornerons à ces faits, qui suffisent à
montrer, chez les oiseaux, la signification des particularités les plus importantes qu'ils présentent
comme caractères sexuels secondaires.

La « loi de combat » chez les Mammifères. —
Dans la grande classe des Mammifères, Darwin

[1] Brehm, *Les Oiseaux*, t. I, p. 638.

remarque que la lutte entre les mâles pour la conquête des femelles, ou « *la loi de combat* » suivant son expression, forme la règle générale. Les exemples de ce genre abondent, et les mâles de certaines espèces, qui sont bien armés pour la guerre, sont connus par les combats acharnés qu'ils se livrent à l'époque du rut; tels sont les éléphants, les cerfs, les taureaux, etc...

Les armes dont ils se servent sont souvent constituées par des dents, qui, dans certains cas, prennent un développement particulier; ainsi, les canines, soit des deux mâchoires, soit seulement de l'une ou de l'autre, sont en général plus fortes chez les mâles que chez les femelles. Parfois elles font saillie au dehors, comme on le voit chez le Sanglier (fig. 67), le Phacochère, l'Hippopotame; chez les Morses, les supérieures sont énormes et constituent de puissantes défenses, dont la pointe est dirigée en bas. Les Éléphants n'ont pas de canines et les défenses dont ils sont armés (fig. 68) sont des incisives appartenant à la mâchoire supérieure; on sait quelles grandes dimensions peuvent prendre ces dents qui ont parfois jusqu'à près de trois mètres. C'est aussi une incisive de la mâchoire supérieure qui, chez le Narval mâle, prenant un développement extraordinaire, constitue une énorme défense tordue en spirale, dont la longueur

Fig. 67. — Tête de Sanglier sauvage.

Fig. 68. — Tête d'Éléphant.

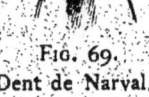

Fig. 69.
Dent de Narval.

atteint jusqu'à la moitié de celle du corps de l'animal (fig. 69).

Les cornes que possèdent un certain nombre de Mammifères, les Ruminants, sont pour eux des armes propres à la lutte, et, en effet, ceux qui sont ainsi armés soutiennent pour la plupart de furieux combats. Ceux que se livrent les Cerfs, à l'époque

Fig. 70. — Bois de Cerf.

du rut, sont particulièrement acharnés ; ces animaux s'attaquent au moyen des appendices ramifiés qui ornent la tête des mâles et auxquels on donne le nom de *bois* (fig. 70) ; la description suivante, tirée de Brehm, montre bien l'ardeur et la rage qu'ils mettent à combattre :

« Matin et soir, la forêt retentit des cris des Cerfs en rut. A peine ceux-ci se donnent-ils le temps de manger, ou de se rafraîchir dans un

ruisseau ou dans une mare voisine, où leurs biches
doivent les accompagner. Des rivaux moins heureux leur répondent par des cris d'envie. Ils
arrivent résolus à tout braver, à conquérir leurs
compagnes par ruse ou par valeur. Mais, à peine
le Cerf en aperçoit-il un, qu'il se précipite sur lui,
les yeux brillants de jalousie.

« Un combat se livre qui se terminera par la
mort de l'un des combattants, et peut-être par
celle des deux. Les cornes baissées, ils se précipitent l'un sur l'autre, ils s'attaquent, ils se défendent avec une agilité surprenante. La forêt résonne
du choc de leurs bois ; malheur à celui qui se dé-
couvre ! L'autre s'élance, et de l'extrémité de son
andouiller d'œil lui fait une blessure. On a vu des
Cerfs qui avaient entrelacé leurs bois de telle façon,
qu'ils moururent sans pouvoir se dégager. Après
leur mort, toute la force humaine fut même insuffisante pour séparer les bois sans couper les
andouillers. Dans ces luttes la victoire reste
longtemps indécise ; ce n'est que complètement
épuisé que le vaincu se retire ; le vainqueur reste
sur le champ de bataille. L'amour des biches, qui
assistent spectatrices intéressées à ce combat et à
son issue, est le prix de la victoire [1]. »

1 Brel m, *Les Mammifères*, t. II, p. 496.

Darwin fait remarquer qu'il y a d'ordinaire, chez les Ruminants, un rapport inverse entre le développement des cornes et celui des canines, comme si ces armes se remplaçaient les unes par les autres. Le Chevrotain porte-musc en fournit un intéressant exemple. Ce petit animal, en effet, n'a

Fig. 71. — Tête de Chevrotain porte-musc.

pas de cornes, mais les mâles portent à la mâchoire supérieure deux longues canines qui font saillie hors de la bouche (fig. 71), et qui leur servent d'armes. « A la fin de l'automne, dit Brehm, en novembre et en décembre, arrive la période du rut. Les mâles se livrent alors des combats acharnés, et leurs dents deviennent des armes dangereuses. Ils se précipitent l'un sur l'autre, lèvent le cou, cherchent à enfoncer leurs dents, et pro-

duisent ainsi des blessures profondes. Presque tous
les mâles adultes présentent des cicatrices qui
témoignent de ces combats[1]. »

Les armes qui servent à l'attaque servent aussi à
la défense, mais on trouve parfois des dispositions
particulières qui ont un rôle utile comme organes
de protection. La crinière du lion, par exemple,
remplit efficacement ce but et Darwin cite, d'après
M. A. Smith, le cas « où, un tigre ayant pénétré
dans la cage d'un lion, il s'en suivit une lutte
effroyable; le lion, grâce à sa crinière, n'eût le
cou et la tête que peu endommagés, mais le tigre
ayant enfin réussi à lui ouvrir le ventre, le lion
expira au bout de quelques minutes[2]. »

Les Mammifères mâles sont plus grands et plus
forts que les femelles; ils sont aussi plus coura-
geux et plus belliqueux. C'est l'effet de la sélection
sexuelle qui s'opère par suite de la victoire des
plus forts sur les plus faibles, et qui développe,
par accumulation héréditaire, ces qualités chez
leurs descendants mâles.

La voix, les odeurs et le pelage. — On observe
entre les sexes des différences d'un autre ordre que
celles qui tiennent aux habitudes guerrières des

1 Brehm, *Les Mammifères*, t. II, p. 463.
2 Darwin, *La Descendance de l'Homme*, t. II, p. 279.

mâles, et en rapport avec des manifestations
agissant sur des sens spéciaux, comme la faculté
de produire des sons ou d'émettre des odeurs.
L'union des sexes ne se fait pas, en effet, sans
quelque choix résultant d'une préférence pour un
individu en particulier, et cette préférence peut
alors être déterminée par une qualité de ce genre.
Ce choix, nous l'avons déjà observé chez les
Oiseaux, et il existe également chez les Mammifères, comme le prouvent des faits nombreux.
Ainsi, on a vu souvent des chiennes témoigner
d'un attachement profond pour un mâle préféré,
et manifester un sentiment comparable à l'amour.
Darwin en donne des exemples probants et entre
autres celui d'une « chienne terrier de valeur et
d'une rare intelligence qui s'était attachée à un
chien de chasse appartenant à un voisin, au point
qu'il fallait l'entraîner pour l'en séparer. Après avoir
été séparée définitivement, elle n'a jamais voulu
d'aucun autre chien, et au grand regret de son
propriétaire n'a jamais porté[1]. » Voilà, certes, un
étonnant exemple de fidélité conjugale !

Si l'on a constaté qu'il y avait des préférences
individuelles, de la part des femelles surtout, qui

[1] Darwin, *La Descendance de l'Homme...*, t. II, p. 284.

devaient avoir une certaine influence sur les unions
sexuelles, il est parfois bien difficile de discerner
quelles sont les causes déterminantes de ces préférences, et quel est à cet égard le rôle de tel ou
tel caractère particulier. Nous ne pouvons avoir
bien souvent que des présomptions plus ou moins
vraisemblables sur la signification de certains
caractères, à ce point de vue, car il y en a de fort
ambigus. Ainsi, la voix des Mammifères leur sert
pour échanger des signaux ou des appels, et les
mâles en font un plus grand usage à l'époque du
rut qu'à tout autre moment; il y a des cas où il
ne paraît pas douteux que les mâles l'emploient
pour charmer les femelles. Darwin en donne divers exemples, et entre autres celui d'un Gibbon
(*Hylobates agilis*) « fort remarquable, dit-il, par la
faculté qu'il possède de pouvoir émettre la série
complète et correcte d'une octave de notes musicales, et à laquelle nous pouvons raisonnable-
ment attribuer un usage de sélection sexuelle[1]. »
D'ailleurs, la voix, au point de vue de ses qualités
de hauteur et de timbre, comme nous le verrons
chez l'homme, est en relation étroite avec l'état
des organes génitaux, et par là doit être regardée

---

[1] Darwin, *La Descendance de l'Homme*, t. II, p. 290.

comme un caractère sexuel secondaire ; mais, il y a doute, selon Darwin, si les différences qu'elle présente selon les sexes sont dues à la sélection. Il se demande, en effet, si la puissance de la voie s'est accrue chez les mâles par ce procédé, parce qu'elle leur donnait une certaine supériorité pour séduire les femelles, ou si leur appareil vocal s'est simplement développé par les effets héréditaires d'un usage soutenu, et il laisse la question en suspens.

Les odeurs, souvent très fortes, qu'exhalent certains animaux, et qui sont parfois spéciales aux mâles, comme celle du bouc, par exemple, bien connue de tous, ont pour effet d'attirer et d'exciter les femelles. Ces odeurs proviennent du produit de sécrétion de glandes particulières, dont le développement est lié à celui des organes reproducteurs. Le cas le plus curieux en est offert par un petit Ruminant, le Chevrotain porte-musc, qui habite les montagnes élevées de l'Asie centrale et fournit la substance parfumée qu'on appelle le *musc*, dont on connaît l'odeur pénétrante. Cette substance est contenue dans une poche (fig. 72) que le mâle porte sous le ventre et dont les parois renferment de petites glandes qui la sécrètent. C'est pour s'emparer de ce produit d'une valeur com-

merciale assez grande que l'on chasse le Chevrotain qui, à l'époque du rut, exhale, au dire
des chasseurs, une odeur musquée telle qu'on
peut la percevoir à un kilomètre de distance;
il y a donc lieu de penser que ce phénomène est
en rapport avec l'acte reproducteur.

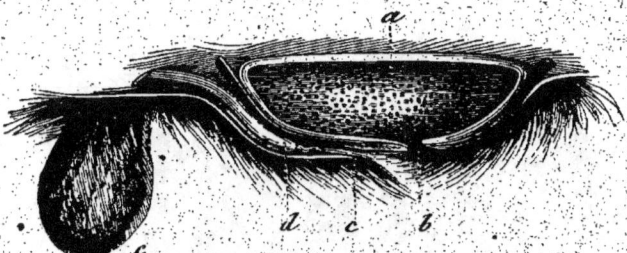

FIG. 72. — Appareil du musc *

Enfin, il y a des particularités tenant à la coloration ou à la disposition des poils dans certaines
parties du corps qui paraissent avoir un caractère
ornemental. Telle est la barbe qui, à la vérité,
n'appartient pas toujours exclusivement aux mâles
mais qui, si elle existe dans les deux sexes, est
moins développée chez les femelles.

Beaucoup de singes ont le visage orné de fa-
voris ou de moustaches, et le *Saki Satan* mâle

* *a*, poche du musc coupée verticalement; *b*, son orifice; *c*, orifice du
prépuce avec son pinceau de poils; *d*, gland dépassé par un prolongement de l'urètre; *e*, testicule.

(fig. 73) possède une barbe noire superbe, épaisse et longue, qui ressemble entièrement à une belle barbe humaine.

FIG. 73. — Saki Satan mâle *(Pithecia Satanas)*.

Les différences de coloration entre les mâles et les femelles sont généralement peu tranchées, et on ne rencontre pas chez les Mammifères ces teintes vives et brillantes qui sont si communes chez les Oiseaux mâles. Cependant, il existe une

relation entre les couleurs qui ornent certains de
ces animaux et la sélection sexuelle, car elles ne
se développent qu'à l'âge adulte, et elles disparaissent sous l'influence de la castration, mais ce
caractère se transmet souvent aux deux sexes qui
sont alors semblablement colorés.

En résumé, c'est la loi de combat pour la conquête des femelles qui prédomine chez les Mammifères, et qui, en conséquence, a développé chez
les mâles, par sélection sexuelle, les qualités de
force, de vigueur, de courage, et les moyens d'attaque ou de défense propres à leur donner la
victoire.

CHAPITRE VI

DES CARACTÈRES SEXUELS SECONDAIRES
DANS L'ESPÈCE HUMAINE

Forme et apparence extérieures. — Le système pileux et la barbe. — Squelette comparé dans les deux sexes; bassin, crâne et membres. — Système musculaire. — Le cerveau dans ses rapports avec le sexe. — Organes des sens. — Constitution mentale de l'homme et de la femme. — Facultés affectives et facultés intellectuelles.

L'étude générale des caractères sexuels secondaires chez les animaux était nécessaire pour pouvoir aborder avec profit celle de ces caractères chez l'homme en particulier, les règles fournies par l'examen des premiers étant également applicables aux seconds. On voit dans l'espèce humaine les caractères de cet ordre atteindre un haut degré de développement, et affecter l'organisme tout entier, non seulement dans sa forme et dans sa constitution, mais dans les manifestations de sa vie psychique. Ces différences qui tiennent à la sexualité, ont pour effet, en s'accentuant, de rendre l'homme et la femme de moins en moins semblables, et de réaliser pour chacun d'eux un type spécial ; type viril pour l'un, type féminin pour l'autre.

Nous devons maintenant passer en revue ces différents caractères sexuels secondaires, en les rapportant, d'après leur siège ou leur nature, aux chefs suivants : Forme et apparence extérieures. — Squelette — Système musculaire — Cerveau. — Organes des sens — Constitution mentale.

Forme et apparence extérieures. — L'homme et la femme, à l'âge adulte, diffèrent de telle sorte par leur aspect que leur sexe se reconnaît au premier coup d'œil et se révèle par un ensemble de signes physiques qui ne laissent pas d'hésitation à cet égard. L'homme est, en général, de taille plus élevée, de formes plus massives, plus robustes ; la femme, plus petite, plus mince, de formes plus fines, plus délicates. Le corps a des lignes plus anguleuses chez l'homme, des contours plus arrondis chez la femme. La beauté plastique de chacun répond pour l'Art, interprète de la Nature, à des conditions différentes, comme on peut le voir par la comparaison de deux des plus beaux spécimens de la statuaire, représentant l'un et l'autre sexe (fig. 74 et 75).

FIG. 74. — Type féminin : Vénus de Médicis.
(Musée de Florence).

FIG. 75. — Type masculin : Hercule Farnèse.
(Musée de Naples).

Mais les caractères qui font la beauté de chacun

Fig. 76. — Jeune fille Aëta.
D'après une photographie de M. Montano.

de ces types sont loin de se montrer partout les
mêmes, et n'atteignent ce développement que dans

les races les plus élevées et les plus civilisées. C'est

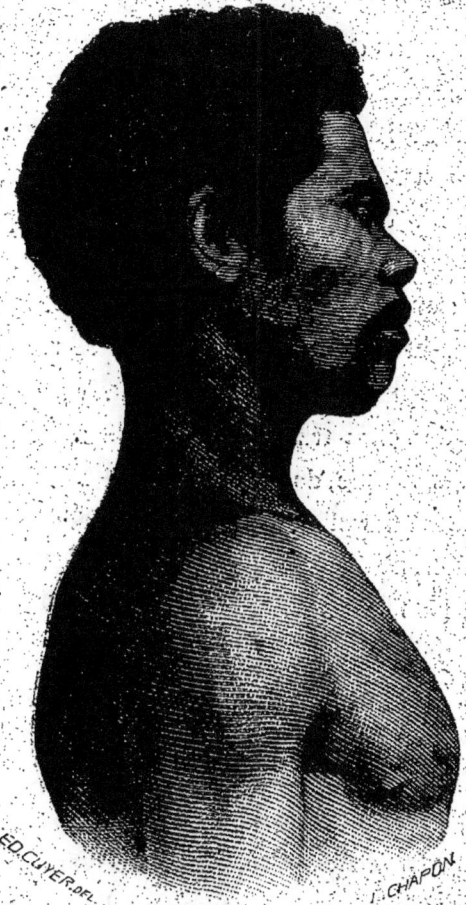

FIG. 77. — Jeune homme Aëta.
D'après une photographie de M. Montano.

un fait bien connu que, d'une manière générale, la femme s'écarte beaucoup moins de l'homme par

sa constitution chez les peuples primitifs ou barbares que chez les nations policées (fig. 76 et 77).
Cela tient sans doute à ce que les conditions d'existence diffèrent d'autant plus pour chacun des sexes
que l'état social qui les détermine est plus avancé.
La sélection sexuelle s'exerce alors avec plus d'in-
tensité pour développer les caractères propres au
type féminin qui tend à s'éloigner davantage du
type masculin. L'influence du genre de vie, des
habitudes et des mœurs concourt à ce résultat, et
c'est ainsi que, dans les basses classes, la femme
vouée à de rudes travaux a plus de ressemblance
avec l'homme que, dans les classes élevées. De l'ensemble des faits observés on peut conclure que les
sexes diffèrent d'autant plus entre eux par l'apparence et les formes extérieures que le milieu social
est plus civilisé.

Le système pileux et la barbe. — Un des traits les
plus frappants qui différencient les sexes consiste
dans l'inégal développement du système pileux,
toujours plus riche chez l'homme. Ce caractère
présente à la vérité de très grandes variations, et
en particulier selon les races, variations portant
non seulement sur l'abondance, mais sur la dis-
tribution et la structure même des poils. La barbe,
qui, chez les peuplades indo-européennes, marque

l'homme d'un trait si caractéristique, est clairsemée ou fait même défaut chez d'autres, comme les Malais, les Siamois, les Chinois, les Japonais ; mais ce sont là des particularités ethniques sur lesquelles nous n'avons pas à nous arrêter ici.

Un point digne d'attention nous est offert par la localisation des poils sur certains points déterminés, tandis que la plus grande partie du corps en est presque entièrement dépourvue. A l'origine, l'homme devait être velu, comme l'atteste encore le duvet, ou lanugo, dont le fœtus humain est couvert. Il y a donc lieu de se demander sous quelle influence s'est produite cette disparition des poils qui ne persistent que par places chez les hommes actuels.

Darwin attribue ce résultat à la sélection sexuelle, par comparaison avec des faits analogues observés chez plusieurs espèces de singes, où la dénudation partielle de la peau s'opère en vue d'un effet ornemental, et par cette considération que l'absence de poils répond chez tous les peuples à l'idée d'une plus grande beauté. Il cite à ce propos le curieux proverbe de la Nouvelle-Zélande, qui dit : « Il n'y a pas de femme pour un homme velu. »

Cette explication, quoique vraie en partie, n'est

pas tout à fait satisfaisante, car elle ne dit pas
comment la sélection sexuelle a été mise en jeu, et
quel en a été le point de départ pour aboutir à la
dénudation de la peau. On a cherché à la compléter, comme l'a fait M. Grant Allen [1], en invoquant
l'action mécanique exercée par le frottement sur les
parties du corps qui y sont exposées et qui sont
ainsi dépouillées de leurs poils. Cette action est
manifeste en bien des cas, et on en constate les
effets sur les points qui sont particulièrement en
contact avec d'autres objets, ou avec le sol. Ainsi,
la plante des pieds chez tous les Mammifères, la
paume des mains chez les Singes sont dénuées de
poils.

Les régions qui perdent ainsi leurs poils par
usure varient suivant l'attitude et les habitudes des
animaux. Chez les Mammifères qui se couchent
sur la face ventrale du corps, celle-ci est moins
fournie de poils, ou en est même entièrement
dépourvue. L'inverse aurait eu lieu chez l'homme
dont la station est verticale et qui, pour se coucher
s'étend sur le dos ou sur le côté. Déjà, chez le
Gorille, dont l'attitude est intermédiaire à celle des
quadrupèdes et de l'homme, on trouve le poil du

---

[1] Grant Allen, Un problème de l'évolution humaine (*Rev. scientif.*,
t. XXV, p. 717, 1880).

dos usé par le frottement, et c'est probablement ce
qui est arrivé pour l'ancêtre de celui-ci. « Plus il
s'habituait à la station verticale, dit M. Grant Allen,
plus il a dû se coucher sur le dos ou sur le côté,
au lieu de se coucher sur le ventre. Pour l'homme
arrivé à son développement complet, avec la disposition particulière de son cou, de son visage et de
ses membres, il est presque impossible de se coucher
sur le ventre. D'un autre côté, toutes les races
sauvages se couchent bien plus sur le dos que ne
le font même les Européens avec leurs sofas, leurs
lits de repos et leurs chaises longues, car ce que le
sauvage aime surtout à ses heures d'oisiveté, c'est
de s'étendre par terre au soleil, les yeux fermés, et
le dos appuyé, si faire se peut, contre un petit
monticule ou le mur de sa cabane. Tous ceux
qui ont beaucoup vécu au milieu des nègres ou des
insulaires de l'Océanie ont pu remarquer combien
cette attitude est générale pour les hommes, les
femmes et les enfants, dès qu'ils ont un moment
de repos [1]. »

Ce serait là pour M. Grant Allen l'origine de la
dénudation du corps qui, partielle d'abord, se
serait ensuite étendue, au point de devenir presque

[1] Grant Allen, *loc. cit.*, p. 719.

complète, par un effet de sélection sexuelle, selon l'opinion de Darwin. Une observation intéressante à l'appui de cette manière de voir est que, dans certains cas, les poils peuvent, par atavisme, reparaître en abondance, particulièrement chez l'homme sur qui la sélection sexuelle s'exerce avec moins de puissance que sur la femme, et ils reparaissent alors sur les points qui, étant à l'abri des causes primitives de dénudation, ont dû les perdre le plus tard, par exemple sur la poitrine.

Il semble que la sélection sexuelle a dû intervenir surtout pour la conservation de certaines parties du système pileux, qui ont un caractère ornemental, comme la barbe et la chevelure.

La relation que présente avec la sexualité le développement de la barbe ressort de tous les faits observés. Elle apparaît chez l'homme à l'époque de la puberté, quand commence la période d'activité génitale, et elle fait défaut, ou est tout au moins rare et peu fournie, dans les cas de suppression (*castration*), ou d'anomalie des organes génitaux. Par contre si, par exception, on en rencontre des vestiges chez la femme, comme il arrive quelquefois, c'est particulièrement après la ménopause, quand chez elle les caractères sexuels tendent à s'effacer par la cessation de l'aptitude gé-

nératrice. A cet égard, nous trouvons cité par
Arloing un cas bien curieux « d'une dame de
New-York qui présenta à chacune de ses trois gros-
sesses un développement de la barbe sur les joues
et le menton; l'apparition coïncidait avec la cessation des règles, la croissance atteignait un pouce
et demi jusqu'à l'accouchement, puis la disparition
s'effectuait au moment de la reprise des fonctions
menstruelles [1]. »

Si donc on ne peut déterminer les causes de
certaines variations du système pileux, notamment
de celles qu'on observe dans les différentes races,
on ne saurait mettre en doute le caractère sexuel
de plusieurs d'entre elles.

SQUELETTE COMPARÉ DANS LES DEUX SEXES. —
Le squelette qui constitue la charpente du corps
présente, selon les sexes, des différences qui sont
les unes directement liées au rôle spécial dévolu à
chacun d'eux dans la génération, les autres faisant
partie des modifications générales déjà signalées
dans l'ensemble de l'organisme, et qui se tra-
duisent par plus de légèreté et de délicatesse dans
les différentes pièces du squelette chez les femmes.

Bassin. — Les premières portent sur cette partie

[1] Arloing, *Poils et ongles*, Paris, 1880, p. 32.

du squelette qui forme la base du tronc, renferme
les organes internes de la génération et donne
attache aux membres inférieurs. C'est le *bassin*,
constitué par une ceinture osseuse largement évasée
en haut, ce qui lui a valu son nom. Quatre os
entrent dans sa composition : de chaque côté, les *os
iliaques*, unis entre eux par la symphyse pubienne
en avant, et articulés en arrière avec le *sacrum* qui,
prolongé par le *coccyx*, termine inférieurement la
colonne vertébrale (fig. 78 et 79).

Le bassin, chez la femme, est plus large et
moins élevé que chez l'homme ; les dimensions
transversales en sont proportionnellement plus
grandes, de sorte que les crêtes iliaques sont plus
écartées, ce qui donne aux hanches plus de saillie ;
ainsi cette saillie déborde, chez la femme, celle
des épaules, tandis qu'elle est à peu près sur le
même plan chez l'homme. Les ouvertures supérieure et inférieure sont plus grandes sur le bassin
de la femme dont la forme est plus évasée. Les
cavités articulaires qui, de chaque côté, reçoivent
l'os de la cuisse ou *fémur*, et qu'onappell e *cavités
cotyloïdes*, sont beaucoup plus écartées que chez
l'homme, ce qui détermine une obliquité plus
grande de cette partie du membre abdominal, et
donne à l'allure de la femme, pendant la marche

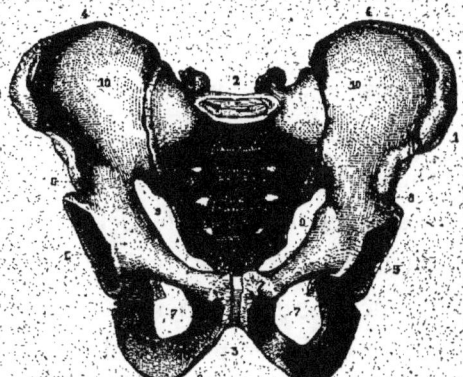

FIG. 78. — Bassin d'homme *.

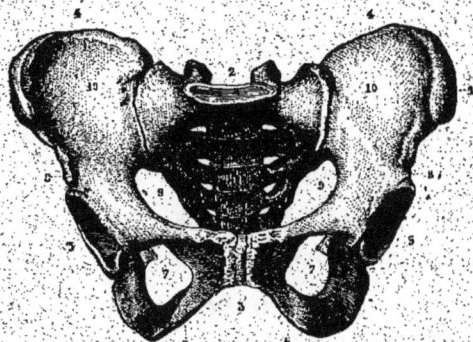

FIG. 79. — Bassin de femme *.

* 1, 1, grand bassin, plus large et moins élevé chez la femme ; 2, sacrum
3, symphyse pubienne ; 4, 4, crêtes iliaques ; 5, 5, cavités cotyloïdes, plus
écartées chez la femme ; 6, 6, branches ischio-pubiennes ; 7, 7, trous sous-
pubiens, triangulaires chez la femme ; 8, 8, épines iliaques antérieures e
inférieures ; 9, 9, détroit supérieur, offrant, chez l'homme, la figure d'un
trigone curviligne, plus grand et de figure elliptique chez la femme ;
10, 10, fosses iliaques internes. (Sappey.)

un caractère particulier. Considérés en eux-mêmes, les os du bassin sont plus légers, présentent des saillies moins prononcées et une surface plus polie. Le caractère sexuel de ces modifications est de toute évidence.

Crâne. — Le squelette présente, selon le sexe, d'autres différences qui, sans avoir de rapport direct avec les fonctions de la génération, n'en sont pas moins intéressantes; en particulier, celles que l'on observe dans le crâne. Elles ont été l'objet de nombreuses recherches, surtout de la part des Anthropologistes modernes, et elles ont assez d'importance pour qu'on puisse, dans la plupart des cas, reconnaître si l'on a affaire à un crâne masculin ou à un crâne féminin (fig. 80 et 81 [1]). Cette détermination repose sur l'ensemble des caractères que présentent les crânes selon le sexe, caractères tirés de la grandeur, de la forme et du développement plus ou moins accusé de certaines parties.

D'une manière générale, le crâne de la femme est plus petit et d'une capacité moindre que celui de l'homme. L'intérêt qui s'attache à la détermination de la capacité crânienne est très grand, et tient à ce que cette capacité donne la mesure du cerveau qui est contenu dans le crâne, mesure qu'on ne peut,

[1] Figures d'après des photographies de MM. Lumière.

dans bien des cas, évaluer directement, par exemple, toutes les fois qu'il s'agit de types anciens; or, nous verrons plus loin que c'est là une donnée de la plus haute importance.

Envisagé au point de vue de son volume, le crâne est, en règle générale, plus développé, ainsi que l'avait déjà reconnu Aristote, chez l'homme que chez la femme. Cette conclusion découle soit de la comparaison des grandes courbes du crâne, soit de la comparaison des trois principaux diamètres.

Les courbes, au nombre de trois, se distinguent : en courbe horizontale, courbe verticale antéro-postérieure et courbe verticale transversale. La courbe horizontale circonscrit la base de la cavité crânienne, et suit le contour de la partie inférieure du cerveau logé dans cette cavité. La courbe verticale antéro-postérieure s'étend d'avant en arrière sur la voûte du crâne et correspond au bord supérieur des hémisphères cérébraux. La courbe transversale, perpendiculaire à la précédente, va d'un conduit auditif à l'autre en suivant la voûte du crâne, et passant par le point le plus élevé de cette voûte, ou *vertex*.

La mesure de ces courbes prise sur trente-deux individus, seize hommes et seize femmes, par

Fig. 80. — Crâne masculin et crâne féminin.

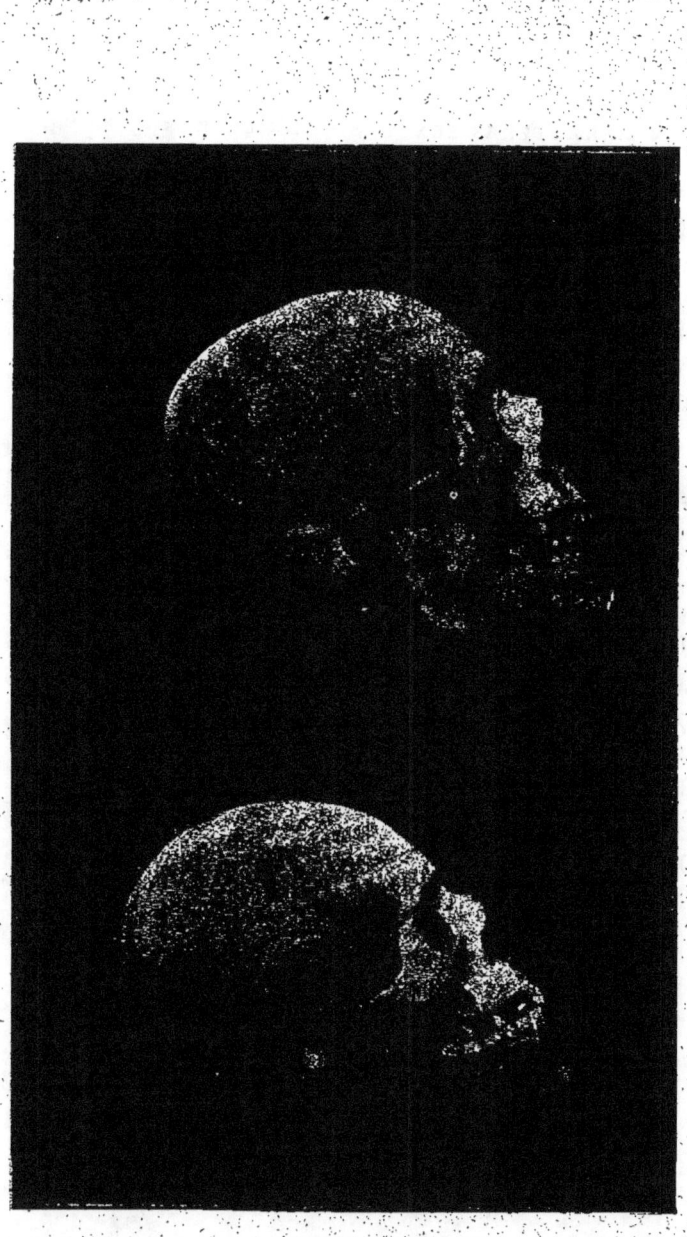

Fig. 81. — Crâne masculin et crâne féminin.

M. Sappey, lui a donné, en moyenne, les résultats suivants[1] :

	Courbe horizontale	Courbe verticale antéro-postérieure	Courbe verticale transversale
	m.	m.	m.
Hommes.	0,522	0,307	0,351
Femmes.	0,505	0,297	0,338
Différence en faveur de l'homme.	0,017	0,010	0,013

Ainsi, chacune de ces courbes présente une plus grande longueur chez l'homme que chez la femme. L'examen des trois principaux diamètres conduit aux mêmes résultats. De ces trois diamètres, l'un est antéro-postérieur, le second transversal et le troisième vertical, les deux premiers représentant le grand et le petit axe de la courbe horizontale, le troisième mesurant la hauteur du crâne. Voici les chiffres moyens trouvés par le même anatomiste :

	Diamètre antéro-postérieur	Diamètre transversal	Diamètre vertical
	m.	m.	m.
Hommes.	0,176	0,1355	0,1336
Femmes.	0,168	0,1330	0,1350
Différence en faveur de l'homme.	0,008	0,0025	0,0086

On voit que, pour chacun de ces diamètres, il y a une différence de longueur en faveur de l'homme,

[1] Sappey, *Traité d'anatomie descriptive*, t. I, p. 173.

différence qui est marquée surtout pour le diamètre vertical, quoique le plus petit.

Considéré dans sa forme, le crâne féminin, du
moins chez les Européens, est moins haut et plus
allongé que le crâne masculin. Cette dolichocéphalie
est due à la longueur relativement plus grande des
os temporaux, et ce caractère se trouve également
chez l'enfant, de sorte que « sous ce rappport, dit
M. de Quatrefages, la femme resterait donc enfant
toute sa vie[1] ».

L'indice orbitaire, c'est-à-dire le rapport entre
le diamètre vertical de l'orbite et son diamètre
transverse, est un peu plus grand chez la femme,
dans la proportion moyenne de 3 pour 100.

Dans son ensemble, la tête de la femme diffère
de celle de l'homme par ses contours plus fins, ses
saillies moins prononcées; ainsi les arcades sour-
cilières y sont moins accusées que chez l'homme,
la glabelle est plus effacée, les apophyses mastoïdes
sont plus petites, les arcades zygomatiques plus
grêles. Le maxillaire inférieur est aussi plus léger,
plus délié, à angles postérieurs plus atténués. La
différence sexuelle fournie par la plus grande
légèreté de cette pièce osseuse chez la femme est

[1] De Quatrefages, *L'Espèce humaine*, p. 278.

très accusée, et a une remarquable constance, ainsi que l'a montré un anthropologiste italien, Morselli[1], en comparant le poids moyen de cet os dans les deux sexes, et en établissant le rapport de ce poids avec celui du crâne pour chacun d'eux. Il a trouvé, en opérant sur soixante et douze maxillaires féminins et sur cent maxillaires masculins, que le poids moyen des premiers était de 63 grammes, et celui des seconds de 80 grammes, ce qui donne entre les deux moyennes une proportion de 78,5 pour 100. D'autre part, en pesant les crânes auxquels appartenaient ces maxillaires, il avait constaté que le rapport entre le poids des crânes féminins et celui des crânes masculins était de 85,7 pour 100. Il en résulte que chez la femme le maxillaire, relativement au crâne, pèse moins que chez l'homme.

Membres. — Nous avons vu que les cavités articulaires du bassin, qui reçoivent la tête du fémur, étant plus écartées chez la femme que chez l'homme, la cuisse était chez elle plus oblique de dehors en dedans, et les genoux plus rapprochés, ce qui lui donnait une démarche particulière. Ce caractère tient aussi à ce que l'axe du col du fémur, qui porte

[1] Morselli, Sul peso del cranio e della mandibula in rapporto col sesso (*Arch. per l'Antropologia e l'Etnologia*).

la tête fémorale, forme avec l'axe du corps de cet
os un angle un peu moins ouvert chez la femme
que chez l'homme ; cette différence est peu sensible, mais intéressante à noter, comme dépendant
de la sexualité.

Un caractère sexuel nous est encore fourni par
l'os du bras, ou *humérus*, qui présente, oblique-
ment étendu de sa face antérieure à sa face postérieure, une *gouttière de torsion*, résultant d'une
rotation de l'os sur son axe longitudinal, rotation
qui correspond à un certain angle nommé *angle
de torsion*. Nous n'avons pas à examiner ici les
explications qui ont été données de ce fait pour la
comparaison des membres thoraciques et abdominaux, ni à relater les discussions soulevées à ce sujet entre anatomistes [1]. Il nous suffira de faire observer que cette torsion se produit chez l'embryon,
comme l'a montré Gegenbaur, au cours du développement, et n'atteint son plus haut degré que
chez l'adulte ; elle est également plus prononcée
chez les races supérieures que chez les races infé-

[1] Voy. Ch. Martins, Comparaison des membres, in *Diction. encycl.
des sciences médicales*, 2e série, t. VI, p. 484. — Gegenbaur, Sur la
torsion de l'humérus (*Annales des sciences naturelles*, 5e série, t. X,
p. 55). — A. Julien, De l'Homotypie des membres thoraciques et
abdominaux (Résumé in *Congrès international d'anthropologie*, 21 août
1878, brochure séparée, 1879).

rieures. Or, on la trouve aussi plus marquée chez
l'homme que chez la femme, d'où il suit que, par
ce caractère, comme par la forme du crâne, celle-ci
se rapproche de l'enfant, ainsi que de l'homme
primitif.

Système musculaire. — Le système musculaire
de l'homme est plus puissant que celui de la
femme, et, par une corrélation naturelle, les em-
preintes, les aspérités ou les saillies osseuses, qui
donnent insertion aux muscles, sont plus développées sur le squelette masculin que sur le
squelette féminin; ainsi, la crête qui limite en
haut la surface d'insertion du muscle temporal sur
le crâne, les saillies transverses de la face interne de
l'omoplate où s'insèrent les muscles sous-scapu-
laires, sont moins prononcées chez la femme; la
gouttière de torsion de l'humérus est moins accusée; la tubérosité bicipitale du radius qui donne
attache au biceps huméral, la tubérosité antérieure
du tibia où s'insère le triceps fémoral sont moins
saillantes.

Les muscles, moins volumineux chez la femme,
ne dessinent pas à la surface du corps des saillies
aussi prononcées que chez l'homme; de plus, ils
sont enveloppés par un tissu conjonctif plus abondant et il en résulte que les formes sont chez elle

plus arrondies, les contours plus délicats; c'est
ainsi que, dans l'organisation féminine, tout concourt à faire prédominer la grâce et l'élégance,
tandis que tout, dans le corps de l'homme, tend
à accuser la force et la solidité.

Le cerveau dans ses rapports avec le sexe. —
Le cerveau présente des différences sexuelles
d'autant plus dignes d'attention que c'est lui
qui préside aux manifestations de l'intelligence
et de la pensée. On admet d'une manière générale, d'après les résultats fournis par l'observation, que le développement des facultés mentales
est en rapport avec celui du cerveau qui en est le
siège, et on sait que la petitesse de celui-ci est un
signe presque certain de faiblesse intellectuelle.
Si on compare entre eux, sous ce rapport, des
individus appartenant à des races différentes, on
voit que c'est dans les races supérieures que le
cerveau est le plus volumineux. Il y a sans doute à
cet égard des différences individuelles nombreuses,
mais il résulte de l'ensemble des faits observés qu'il
existe une certaine corrélation entre la grandeur
du cerveau et la force de l'intelligence, sans que
pourtant il y ait là rien d'absolu. On comprend
donc l'intérêt qui s'attache à la connaissance de
cette grandeur dans les différents types humains,

et elle a été, en effet, l'objet de recherches nombreuses de la part des anthropologistes. On peut
l'établir directement par la détermination, soit du
volume, soit du poids de l'organe, mais, souvent
il n'est pas possible de procéder ainsi, quand, par
exemple, on n'a que des squelettes à sa disposition,
et on a alors recours à un moyen détourné, qui
consiste à mesurer la boîte crânienne, à en évaluer
la capacité, ou à la jauger. On arrive ainsi à ap-
précier avec une exactitude suffisante, surtout au
point de vue comparatif, le volume total de l'encéphale. Or, parmi les résultats fournis par les
constatations nombreuses qui ont été faites sur
différentes séries de crânes, il en est un qui
nous intéresse particulièrement, c'est que les
crânes masculins ont toujours une capacité
moyenne plus grande que les crânes féminins, la
différence entre les sexes variant d'ailleurs selon les
races. Cette différence, à la vérité, peut tenir en
partie à l'inégalité de taille qui existe d'ordinaire
entre l'homme et la femme, mais elle est surtout
imputable à la sexualité, attendu qu'on ne trouve
pas une égale corrélation entre la stature du corps
et le volume du cerveau; la grosseur de la tête est
loin d'augmenter dans la même proportion avec la
hauteur de la taille. Le tableau suivant, emprunté

à Topinard, donne, d'après Broca, la capacité
moyenne du crâne dans les deux sexes pour un
certain nombre de groupes humains ; nous y avons
ajouté, à la troisième colonne, la différence
sexuelle relevée dans chacun d'eux.

		HOMMES	FEMMES	DIFFÉRENCE
88	Auvergnats.	1598cc	1445cc	153
69	Bretons-Gallois.	1599	1426	173
63	Bas-Bretons.	1564	1366	198
124	Parisiens contemporains.	1558	1337	221
18	Caverne de l'Homme-Mort.	1606	1507	109
20	Guanches.	1557	1353	204
60	Basques espagnols.	1574	1356	218
28	Corses.	1552	1367	185
84	Mérovingiens.	1504	1361	143
22	Chinois.	1518	1383	135
12	Esquimaux.	1539	1428	111
54	Néo-Calédoniens.	1460	1330	130
85	Nègres de l'Afrique occid.	1430	1251	179
7	Tasmaniens.	1452	1201	251
18	Australiens.	1347	1181	156
21	Nubiens.	1329	1298	31

Ce tableau donne lieu à quelques remarques
intéressantes. On y voit qu'à l'exception des Tas-
maniens, qui forment un type tout à fait à part,
c'est chez les Parisiens contemporains que cette
différence sexuelle est le plus marquée. Il semble

[1] Topinard, *Anthropologie*, p. 247.

donc qu'elle tende à augmenter avec la civilisation.
« La distance qui règne entre les deux sexes relativement à la capacité crânienne, dit Carl Vogt,
augmente avec la perfection de la race, de sorte
que l'Européen s'élève plus au-dessus de l'Euro-
péenne, que le nègre au-dessus de la négresse [1]. »
Cette question a fait l'objet d'une importante
étude de M. Gustave Le Bon, [2] d'où il ressort que
le volume du crâne présente, chez l'homme et
chez la femme, à égalité d'âge, de taille et de poids,
d'autant plus de différence qu'on a affaire à des
populations plus civilisées. Cette différence s'accroît
dans les races supérieures par suite d'un plus
grand développement des crânes masculins, et de
la petitesse relative des crânes féminins dont le
volume n'a pas augmenté, et semble même avoir
diminué, car il ne s'élève guère au-dessus des
plus faibles, comme on peut le voir sur le tableau
ci-dessus, pour les crânes de Parisiennes.

Ces résultats concordent avec ceux que donne
le poids moyen du cerveau comparé chez l'homme
et chez la femme. La différence entre les deux
est de 113 grammes au profit de l'homme,

[1] Carl Vogt, *Leçons sur l'homme*, p. 99.
[2] G. Le Bon, *Recherches anatomiques et mathématiques sur les lois des variations du volume du crâne*, 1878.

d'après Broca, et, en tenant compte de la taille, on
trouverait encore, suivant Parchappe, une diffé-
cence de 2 pour 100 environ en faveur de celui-
ci. Il est donc prouvé que le cerveau de l'homme
est, en règle générale, plus lourd que celui de la
femme. On observe, en outre, entre les cerveaux
masculins et féminins, une différence de conformation qui tient à ce que la partie antérieure et la
partie postérieure de cet organe ne présentent pas
dans les deux cas un égal développement. La
première, constituée par les lobes frontaux, est,
de l'avis de tous les anthropologistes, moins développée chez la femme que chez l'homme, tandis que
pour la seconde, formée par les lobes occipitaux,
c'est l'inverse qui a lieu. Or, il est à remarquer
que l'une préside aux manifestations de l'intelligence et l'autre à la vie de sentiment, ce qui fait
prévoir, au point de vue psychologique, une
différence entre les deux sexes, qui se trouve du
reste confirmée par l'observation.

Un résultat du plus haut intérêt, fourni par
l'étude comparée de l'homme et de la femme,
c'est que les différences sexuelles qu'on leur reconnaît, celles que présente le cerveau, comme celles
qui tiennent aux formes extérieures, augmentent
avec le degré de civilisation. L'explication de ce

fait se trouve dans la diversité des conditions d'existence auxquelles la femme est soumise dans les différents groupes humains, et par suite desquelles, chez les peuples sauvages ou barbares, sa constitution s'éloigne bien moins que dans les sociétés civilisées de celle de l'homme.

Organes des sens. — Pour ce qui est des organes des sens, il est difficile de reconnaître si la sexualité a quelque influence sur leur développement, tant sont grandes les différences individuelles, et celles qui tiennent à l'exercice ou à l'éducation, aussi n'a-t-on guère fait d'observations à cet égard. D'après une remarque générale, il paraît cependant que les hommes sont mieux doués sous le rapport du goût, car si l'on voit des femmes gourmandes, c'est parmi les hommes seulement qu'on trouve de véritables gourmets. Ainsi, la plupart des femmes apprécient mal les vins et leurs différents crus.

Ce n'est que pour l'odorat qu'on a fait des expériences en vue de rechercher s'il y avait sous ce rapport inégalité entre les sexes. On les doit à deux observateurs américains, MM. Nichols et Bailey, qui en ont communiqué les résultats à l'Association américaine pour l'avancement des sciences. Ces physiologistes ont eu recours pour

leurs expériences à des matières fortement odo-
rantes, telles que l'essence de girofle, l'extrait
d'ail, l'acide prussique, etc. Des quantités déterminées de chacune d'elles furent diluées dans
l'eau en proportion décroissante, de sorte que la
première solution contenant, par exemple, un
centigramme d'extrait d'ail pour un litre d'eau,
la seconde fût moitié moins forte que la première,
la troisième moitié moins forte que la seconde, et
ainsi de suite jusqu'à la dernière qui était dépourvue
de toute odeur. Une série de flacons ayant été
ainsi préparée pour chacune des odeurs choisies,
on mêlait ces flacons préalablement numérotés
en dessous, et on invitait chaque sujet à les
replacer dans l'ordre naturel en se guidant uniquement par l'odorat.

Ce procédé fournit d'abord la constatation d'é-
normes différences individuelles dans la sensibilité
de l'odorat, résultat d'ailleurs conforme à l'observation vulgaire. C'est ainsi que trois sujets mâles
ont pu reconnaître l'acide prussique dilué dans
deux millions de fois son poids d'eau, tandis que
d'autres ne le sentaient plus à la troisième ou
quatrième dilution. Mais le résultat le plus curieux
de ces expériences a été d'établir la grande différence qui existe entre les deux sexes pour la

finesse de l'odorat. Elles ont porté sur quarante-quatre hommes et trente-huit femmes de toutes conditions, et ont donné comme conclusion que les premiers ont en moyenne l'odorat deux fois plus fin que les secondes. L'essence de citron, sentie par les hommes dans une dilution au deux cent cinquante millième, n'était reconnue par les femmes que dans une solution plus forte du double; de même pour l'ail et d'autres odeurs. Pour certaines substances en particulier, cette iné-galité du sens olfactif était bien plus marquée encore; l'acide prussique, par exemple, dilué dans vingt mille fois son poids d'eau, n'était plus senti par aucune femme, tandis que la plupart des hommes le reconnaissaient dans cent mille fois ce poids. Les résultats de l'expérience vont donc à l'encontre de l'opinion générale, d'après laquelle le goût que montrent les femmes pour les parfums serait dû à la délicatesse de leur odorat. Ce goût tient sans doute à ce que, les sentant moins que les hommes, elles les supportent mieux.

Constitution mentale de l'homme et de la femme. — On s'est souvent demandé s'il y avait quelque différence entre l'homme et la femme sous le rap-port des qualités intellectuelles et morales, et si la sexualité avait pour effet d'établir entre eux une dissemblance psychique, comme elle en établi une physique.

La question de l'égalité des sexes, au point de vue des facultés mentales, est fort débattue, mais les discussions nombreuses auxquelles elle a donné lieu n'ont conduit à aucune solution définitive, parce que, posée dans ces termes, elle n'en comporte pas de satisfaisante. Il peut y avoir, en effet, à cet égard équivalence entre les sexes, sans qu'il y ait similitude, et ils peuvent être au même niveau, c'est-à-dire égaux en dignité, sans avoir les mêmes qualités ou les mêmes aptitudes. Il ne s'agit donc pas pour nous de rechercher si l'un des sexes est supérieur à l'autre intellectuellement ou moralement, et de lui attribuer une suprématie qui ne saurait d'ailleurs avoir rien d'absolu.

Cette recherche serait sans utilité pour l'objet que nous poursuivons et nous paraît d'ailleurs assez vaine. Ce qui nous importe, c'est de déterminer, comme nous l'avons fait pour les caractères physiques, s'il y a des différences de cet ordre entre les deux, et en quoi consistent ces différences.

Sur ce point il y a, peut-on dire, consentement unanime, ou à peu près, de la part de tous les penseurs, philosophes ou médecins, qui se sont occupés de la question, pour admettre qu'il existe

une dissemblance sexuelle. Ce qui montre bien la
nature de cette dissemblance, comme caractère
sexuel secondaire, c'est qu'elle se manifeste nettement quand commence l'activité des fonctions
génitales, à l'époque de la puberté. Pendant la période qui précède, il y a entre les enfants des deux
sexes une similitude de goûts, de penchants et
d'aptitudes qui, sans être complète, est cependant
assez grande pour qu'ils puissent être soumis au
même régime pédagogique, car, au moral comme
au physique, filles et garçons diffèrent encore peu
les uns des autres. C'est avec la puberté que s'ac-
cusent les traits qui les distinguent, par une sorte
de métamorphose, qui modifie leur esprit comme
leur corps, et leur donne les caractères propres
à leur sexe.

Il serait aussi anormal qu'il ne s'établît pas alors
de différence, au point de vue psychique, entre le
jeune homme et la jeune fille, que s'il ne s'en produisait pas au point de vue physique. Et de fait,
ces différences sont de constatation vulgaire. Que
la femme diffère de l'homme psychologiquement,
il ne saurait y avoir de doute à cet égard pour
quiconque observe les faits sans parti pris, et ne se
laisse pas aveugler par l'idée préconçue d'une égalité chimérique.

Facultés affectives. — Dans la nature morale de
la femme, c'est le côté affectif qui domine. Par là,
comme par son organisation physique, elle répond
à la destinée qui lui est propre et qui lui attribue,
dans son association avec l'homme en vue de la
constitution de la famille, un rôle tout autre qu'à
celui-ci. Ce rôle pour elle est d'être épouse et mère,
et de concourir ainsi à la perpétuation de l'espèce,
comme étant la fin à laquelle aboutit par une
loi naturelle l'existence de tous les êtres vivants.
Plus sont développées en elle les aptitudes qui
peuvent assurer ce résultat, et mieux elle remplit
les conditions qui sont celles de son sexe. Or, ces
conditions n'étant pas les mêmes que pour l'homme,
elle y satisfera d'autant plus qu'elle s'écartera davantage de lui par le développement de tous les
attributs qui lui appartiennent en propre.

De ce nombre sont les qualités morales, les
qualités de sentiment qu'elle possède à un plus
haut degré que l'homme, et qui font d'elle comme
la pierre angulaire du foyer domestique. C'est par
sa grâce et sa bonté, par la tendresse qu'elle répand
autour d'elle, qu'elle donne à ce foyer tout son
attrait, et qu'elle groupe auprès de lui la famille
dont elle est le charme et le lien. Vérité ancienne
sans doute que celle-là, mais qui semble assez

oubliée de nos jours et qu'il est peut-être bon de
rappeler.

Du côté des sentiments, et en particulier de ceux
qui unissent les parents aux enfants, la femme montre sur l'homme une réelle supériorité. L'amour de
la mère pour sa progéniture, amour qui existe déjà,
et parfois même très développé, chez beaucoup
d'animaux, prend chez elle des proportions qui en
font une de ses vertus les plus belles et les plus
touchantes. Cet amour, par une loi naturelle, répond au besoin qu'ont les enfants dans leur jeune
âge d'être soignés et protégés, et leur assure, après
la naissance, le secours qui leur est nécessaire pour
qu'ils puissent vivre.

L'allaitement, après la gestation, place la femme
dans des conditions où éclate la différence qu'il y a
entre son rôle et celui de l'homme, différence
incompatible avec la similitude des sentiments et
des qualités mentales chez l'un et chez l'autre ;
aussi, la sexualité s'accuse-t-elle à cet égard au
moral comme au physique. C'est la raison pour
laquelle l'amour maternel et l'amour paternel ont
un caractère différent ; le premier est plus instinc-
tif, plus spontané, le second plus intellectuel et
plus raisonné. C'est pourquoi celui-ci acquiert
d'ordinaire plus de force à mesure que l'enfant

grandit et que son esprit se développe, tandis que
la tendresse de la mère se manifeste dès le premier
vagissement du nouveau-né, et semble même
d'autant plus grande qu'elle s'adresse à un être
plus débile et plus faible. Ne la voit-on pas, en
maintes circonstances, s'exalter vis-à-vis de ceux
qui sont atteints de quelque infirmité, ou de quelque vice congénital, et persister même parfois,
malgré l'indignité de ceux qui en sont l'objet?
Rien de plus désintéressé, mais souvent aussi de
moins réfléchi que l'amour maternel qui, s'il
n'est pas éclairé par le sentiment des nécessités que
comporte l'éducation des enfants, conduit facilement les mères à une excessive et à une regrettable
faiblesse.

La prédominance chez la femme des qualités
affectives qui lui sont naturelles se traduit d'une
manière générale par plus de sensibilité, de dévoue-
ment et d'oubli de soi-même qu'on n'en trouve
chez l'homme, dont l'individualité et le caractère
ont quelque chose de plus personnel et de plus
tranché. Ainsi les différences de cet ordre sont plus
marquées entre les hommes qu'entre les femmes,
et la distance qui existe entre un homme éminent
ou seulement distingué et un homme du peuple,
est plus grande que celle qui sépare une femme du

monde d'une ouvrière. Par là s'explique la facilité avec laquelle on voit souvent les femmes se mettre au niveau d'une situation élevée, alors qu'elles n'y ont pas été préparées par leur éducation.

Facultés intellectuelles. — Si nous envisageons maintenant la femme au point de vue des facultés intellectuelles, nous nous trouvons en présence d'une opinion qui s'est fortement accréditée de nos jours, et d'après laquelle elle serait sous ce rapport l'égale de l'homme. C'est l'application aux deux sexes du principe général d'égalité, qu'une philosophie plus éprise de rêve que de vérité a proclamé comme devant servir de base au droit social moderne. Tout dans la nature en démontre la fausseté, mais cette idée, formulée comme un axiome de justice, devait, par sa simplicité même, s'implanter dans l'esprit des masses, pour qui elle a pris la valeur d'un véritable dogme. Par une conséquence logique, ce dogme, après l'égalité des races humaines et celle des individus, devait conduire à admettre l'égalité des sexes. On y est arrivé, et, au nom de cette prétendue égalité, on est allé jusqu'à revendiquer pour la femme les mêmes droits que pour l'homme, sans s'inquiéter si elle serait propre, comme le voudrait la théorie, à remplir les mêmes devoirs.

Pour qui soumet la question à un examen fondé sur l'observation des faits, conformément à la méthode scientifique, il n'est pas douteux que la femme diffère de l'homme intellectuellement, comme sous tous les autres rapports, et si les différences de cet ordre sont moins évidentes que celles d'ordre physique, elles n'en sont pas moins réelles.

C'est la conclusion à laquelle ont abouti tous ceux qui, depuis Roussel et Cabanis, se sont occupés de la psychologie de la femme.

Voyons donc rapidement en quoi consistent ces différences.

L'intelligence féminine a beaucoup d'analogie avec celle de l'enfant. Comme celui-ci la femme a une compréhension vive, mais superficielle, une mémoire facile, une imagination prompte ; mais, comme lui aussi, elle pèche par défaut de raisonnement et de réflexion, elle manque d'attention et montre dans ses jugements plus de rapidité que de profondeur. Impressionnable et mobile, elle a mieux que l'homme le don de l'imitation, mais elle n'a pas au même degré celui de l'invention et son esprit n'est pas créateur. M. Paul Laffitte fait remarquer très justement que les facultés les plus développées chez la femme sont, si l'on peut ainsi parler, les facultés *réceptives*, et il établit entre l'esprit de la femme et celui de l'homme un parallèle qui nous semble d'une entière exactitude.

« Lorsque des enfants des deux sexes sont élevés ensemble, dit-il, les filles tiennent la tête pendant les premières années : c'est qu'alors il s'agit surtout de recevoir des impressions et de les garder ; or, nous voyons tous les jours des femmes qui, par la vivacité des impressions et la mémoire, l'emportent sur les hommes de leur entourage. A la facilité de saisir et de retenir les faits, ajoutez le goût de la symétrie qui semble inné chez elles : vous comprendrez l'aptitude qu'elles montrent souvent pour l'étude de la géométrie. De même, dans les concours de l'École de médecine, on voit des jeunes filles briller aux examens de physiologie ou de pathologie : elles ont saisi la série des faits avec une netteté qui frappe les examinateurs ; mais la plupart se montrent inférieures dans les épreuves cliniques, qui mettent en jeu d'autres facultés de l'esprit. D'une manière générale, la femme semble plus touchée du fait que de la loi, de l'idée particulière que de l'idée générale. S'agit-il de porter un jugement sur une personne connue, celui de l'homme sera peut-être plus exact dans sa généralité ; mais si l'on passe aux nuances du caractère, la femme aussitôt prend l'avantage : un geste familier, un mot employé plus souvent qu'un autre, une ride qui se forme à de certains moments, un regard, un sourire, tout est noté par elle, catalogué et apprécié à sa juste mesure. Les mêmes différences se retrouvent dans les ouvrages littéraires : le livre d'une femme, fût-elle Madame de Staël ou Georges Eliot, vaudra toujours par les détails plus que par l'ensemble. Personne ne conteste que les femmes nous soient supérieures dans le genre épistolaire : d'où vient cette supériorité? Nous composons une lettre comme nous ferions un rapport ou un mémoire, et nous écrivons froidement ; la femme, au contraire, écrit sous l'impression des faits, elle les retrace en laissant à chacun sa physionomie propre, et naturellement, sans recherche, sans rhétorique, elle trouve au bout de la plume le mouvement et la vie. Les habitudes de l'esprit diffèrent comme les facultés : elle se plaît à l'analyse, et l'épuise tout entière; nous nous attachons aux rapports des choses plus qu'aux choses mêmes. La Bruyère, par plus d'un côté, est un génie féminin ; Descartes est le type du génie masculin : il eût été possible qu'une femme écrivît les *Caractères*, mais je doute qu'aucune refasse jamais le *Discours de la méthode*. En un mot, facultés équivalentes, non semblables :

l'esprit de la femme plus concret, l'esprit de
l'homme plus abstrait[1]. »

Il y a, sans doute, de remarquables exemples
qui témoignent que la femme peut, dans l'ordre
intellectuel, faire preuve d'une réelle supériorité,
mais son esprit, quelque grande que soit sa valeur,
ne se distingue pas moins de celui de l'homme par
des qualités différentes. C'est pourquoi on la voit
briller plus particulièrement dans les arts où les
aptitudes qui lui sont propres trouvent leur meilleur emploi. Pour tout ce qui est imitation ou interprétation, elle réussit aussi bien, et parfois mieux
que l'homme, à traduire les sentiments ou les
passions qu'il s'agit de rendre et d'exprimer. C'est
ainsi que l'art dramatique compte, peut-on dire,
autant de noms fameux parmi les comédiennes
que parmi les comédiens, parce que le talent
de l'acteur consiste à personnifier un rôle aux yeux
du public, en lui donnant un caractère de vérité
aussi complet que possible. Mais, si, dans l'interprétation des œuvres de théâtre, la femme s'est
élevée souvent aussi haut que l'homme, il est loin
d'en être ainsi pour leur création. Il ne s'est jamais
trouvé parmi elles un Molière ou un Dumas, ni

---

[1] Paul Laffitte, *Le Paradoxe de l'Égalité*, Paris, 1887, p. 117 et suiv.

même un Regnard ou un Scribe, et il est à remarquer que le plus beau génie littéraire appartenant au sexe fminin, Georges Sand, a été un auteur dramatique médiocre.

L'art de la musique donne lieu à des observations analogues. Dans le chant ou l'exécution instrumentale, les femmes ont fourni des interprètes d'un aussi grand mérite que les hommes; mais dans la conception des œuvres musicales, elles n'ont pour ainsi dire rien à revendiquer, et à côté des Mozart, des Boïeldieu, des Rossini, des Meyerbeer, des Gounod et de tant d'autres, quel nom de compositeur citer, qui soit un nom de femme? Que prouverait d'ailleurs une exception?

La peinture enfin qui, par quelques côtés, répond mieux à certaines aptitudes de la femme pour saisir les traits et la physionomie des objets, nous les montre parfois habiles dans les genres, comme le paysage et le portrait, où l'art est surtout imitatif, mais impuissantes à produire des œuvres qui comportent une large part d'invention, comme le sont les œuvres de peinture historique. Une femme aurait-elle jamais peint le *Jugement dernier* de Michel-Ange, ou la *Transfiguration* de Raphaël?

Dans l'impossibilité de nier les différences qui distinguent l'intelligence de la femme de celle de l'homme, on a dit que ces différences n'étaient pas originelles, mais acquises, et tenaient à l'éducation. C'est là une hypothèse en contradiction avec tous les faits qui établissent l'influence de la sexualité, et qu'aucun médecin ou physiologiste ne saurait accepter. Roussel a dit avec beaucoup de raison : « La femme n'est pas femme seulement par un endroit, mais encore par toutes les faces par lesquelles elle peut être envisagée[1]. »

Mais, de l'idée fausse de l'égalité naturelle des sexes, on est arrivé logiquement à conclure qu'une éducation semblable devait leur convenir, et, de nos jours, on est entré dans cette voie par des réformes tendant à identifier presque l'enseignement des filles avec celui des garçons. Nous ne saurions traiter ici cette grave question de pédagogie sans sortir du cadre que nous nous sommes tracé. Nous nous bornerons à remarquer que cette tendance est contraire à toutes les données fournies par l'étude de l'évolution propre à chacun des sexes, et que c'est violer une loi naturelle que de les soumettre au même régime, soit intellectuel, soit physique. A être élevée comme un garçon, la femme perdra plus ou moins les qualités que ré-

---

[1] Roussel, *Système physique et moral de la femme*, Ed. Cerise, Paris, 1860, p. 17.

clame le rôle auquel elle est destinée par son sexe,
et bien loin d'y avoir progrès pour elle, il y aura
déchéance, car, pour tout être vivant, le progrès
consiste dans une adaptation meilleure aux conditions d'existence qui lui sont faites, et à la fin
qui lui est propre[1].

Il y a longtemps que le danger pour la femme
à sortir du rôle que lui a assigné la nature a été
signalé, par Cabanis en particulier, qui, après
avoir indiqué la voie où elle doit marcher, s'exprime ainsi :

« Que si le mauvais destin des femmes, ou l'admiration funeste de quelques amis sans discerne-
ment, les pousse dans une route contraire; si, non
contentes de plaire par les grâces d'un esprit naturel, par des talents agréables, par cet art de la société, qu'elles possèdent, sans doute, à un bien plus
haut degré que les hommes, elles veulent encore
étonner par des tours de force, et joindre le triomphe
de la science à des victoires plus douces et plus
sûres, alors presque tout leur charme s'évanouit;
elles cessent d'être ce qu'elles sont en faisant de
rès vains efforts pour devenir ce qu'elles veulent

[1] Voir sur ce sujet un excellent article de M. Gustave Le Bon
« La Psychologie des femmes et les effets de leur éducation actuelle », in
Revue scientifique, 1890, 2e sem., p. 449.

paraître, et perdant les agréments sans lesquels l'empire de la beauté lui-même est peu certain, ou peu durable, elles n'acquièrent le plus souvent de la science que la pédanterie et les ridicules. En général, les femmes savantes ne savent rien au fond : elles brouillent et confondent tous les objets, toutes les idées; leur conception vive a saisi quelques parties : elles s'imaginent tout entendre. Les difficultés les rebutent; leur impatience les franchit. Incapables de fixer assez longtemps leur attention sur une seule chose, elles ne peuvent éprouver les vives et profondes jouissances d'une méditation forte; elles en sont même incapables. Elles passent rapidement d'un sujet à l'autre, et il ne leur en reste que quelques notions partielles, incomplètes, qui forment presque toujours dans leur tête les plus bizarres combinaisons.

« Et, pour le petit nombre de celles qui peuvent obtenir quelques succès véritables dans ces genres tout à fait étrangers aux facultés de leur esprit, c'est peut-être pis encore. Dans la jeunesse, dans l'âge mûr, dans la vieillesse, quelle sera la place de ces êtres incertains, qui ne sont à proprement parler d'aucun sexe? Par quel attrait peuvent-elles fixer le jeune homme qui cherche une compagne? Quel secours peuvent en attendre des parents infirmes ou vieux? Quelles douceurs répandront-elles sur la vie d'un mari? Les verra-t-on descendre du haut de leur génie pour veiller à leurs enfants, à leur ménage? Tous ces rapports si délicats, qui font le charme et qui assurent le bonheur de la femme, n'existent plus alors; en voulant étendre son empire, elle le détruit. En un mot, la nature des choses et l'expérience prouvent également que, si la faiblesse des muscles de la femme lui défend de descendre dans le gymnase et dans l'hippodrome, les qualités de son esprit et le rôle qu'elle doit jouer dans la vie lui défendent plus impérieusement encore peut-être de se donner en spectacle dans le lycée ou dans le portique [1]. »

Ce jugement de Cabanis sur les femmes savantes paraîtra sans doute aujourd'hui bien sévère, mais il ne manque au fond ni de justice, ni de vérité.

[1] Cabanis, *Rapports du physique et du moral de l'homme*, 8e éd., augmentée de notes par L. Peisse, Paris, 1844, p. 242 et suiv.

CHAPITRE VII

MODIFICATIONS ET ANOMALIES
DE LA SEXUALITÉ

Variation normale des différences sexuelles. — Modifications tératologiques. — Hermaphrodisme; ses diverses formes. — Pseudo-hermaphrodisme. — Féminisme. — Anomalies par arrêt de développement;
Anorchidie. — Castration ou Eunuchisme; ses effets sur l'organisme. — Ancienneté de cette pratique. — Son existence dans les
temps modernes; les Skoptzis, en Russie; les Eunuques esclaves,
en Orient; les Castrati, à Rome. — Influence de la castration sur le
moral.

Variation normale des différences sexuelles. —
On a vu que les caractères secondaires propres à
chaque sexe se développent en même temps que
l'aptitude à la génération, et qu'il existe entre ces
deux phénomènes une étroite corrélation. Les différences sexuelles sont sous la dépendance de la
fonction génésique; elles apparaissent avec elle,
atteignent leur summum pendant sa période de
plus grande activité, et enfin tendent à s'effacer
quand elle-même tend à disparaître. C'est ainsi

qu'on voit les deux sexes, après s'être ressemblés
dans le jeune âge, s'écarter plus tard l'un de l'autre
par les traits de leur organisation sous l'influence
de la sexualité, conserver la physionomie propre
qui les distingue tant que dure l'activité génitale,
et se rapprocher enfin dans la vieillesse par une
ressemblance due à la perte de leurs attributs les
plus caractéristiques. Il y a donc au cours de la vie,
pour les deux sexes, de l'enfance à la vieillesse, en
passant par l'adolescence, la jeunesse et l'âge mûr,
une succession de phases, pendant lesquelles les
différences qui les séparent vont d'abord en croissant, puis en diminuant ; c'est là l'évolution normale.

Modifications tératologiques. — *Hermaphrodisme ;
ses diverses formes*. — Les conditions naturelles du
développement de la sexualité peuvent être parfois
troublées accidentellement, et il est alors intéressant d'observer quels sont les effets sur l'organisme
des changements survenus ; or, on constate que
toutes les fois que ce développement est arrêté ou
troublé, les différences sexuelles s'effacent.

La présence sur le même individu des organes
mâle et femelle, ou l'*hermaphrodisme*, qui existe
normalement chez un grand nombre d'animaux,
ne se rencontre chez l'homme que comme mons-

truosité, comme cas tératologique. Les anomalies
de cette espèce, quoique très intéressantes en elles-
mêmes [1], ne sauraient être envisagées ici que dans
leurs rapports avec la différenciation des sexes et
les modifications qu'elles lui font subir.

Il n'y a pas dans la science d'exemple avéré
d'hermaphrodisme *parfait*, c'est-à-dire de la réunion des deux sexes sur un seul individu, si l'on
entend par là la coexistence des organes génitaux
internes et externes qui appartiennent à chacun
d'eux ; l'Embryologie démontre, en effet, que cela
n'est pas possible pour les organes externes. Mais,
on comprend qu'il puisse y avoir des cas d'hermaphrodisme *imparfait*, résultant de ce que, dans
l'embryon qui, comme on sait, est primitivement
bisexuel, l'évolution au lieu d'être normale, et
d'aboutir à l'unisexualité par la régression de
l'une des deux parties composantes, prend en
quelque sorte un caractère mixte par leur développement simultané, donnant ainsi naissance à un
mélange d'organes des deux sexes. L'hermaphrodisme est dit alors *bisexuel* ou *vrai*, et on en distingue plusieurs variétés.

Pseudo-hermaphrodisme. — L'hermaphrodisme

[1] Voyez Debierre (de Lille), *L'Hermaphrodisme, structure, fonctions, etc.* Paris, 1891.

n'est qu'*apparent*, lorsqu'il n'y a que des organes d'un seul sexe, et reçoit alors le nom d'hermaphrodisme *unisexuel*, ou *pseudo-hermaphrodisme*. Il consiste dans une modification plus ou moins grande des organes extérieurs, tenant à un vice de conformation qui en a altéré la forme et leur a donné un caractère ambigu ; on le dit *masculin* ou *féminin* suivant que le sujet porteur de cette anomalie est en réalité mâle ou femelle. Le plus souvent, ce sont des faits de ce genre qui ont été pris pour des cas de véritable hermaphrodisme, et qui ont donné lieu à des erreurs dans la détermination du sexe.

Les formes variées d'hermaphrodisme correspondent à des états où les organes qui déterminent la sexualité sont plus ou moins altérés et ne fonctionnent qu'imparfaitement, d'où résulte une condition indécise, au point de vue sexuel, pour l'individu qui en est atteint. C'est ce que révèle alors l'ambiguïté des caractères extérieurs qui participent du type masculin et du type féminin, sans répondre tout à fait à l'un ou à l'autre.

On en trouve un curieux exemple dans l'histoire de Catherine Hohmann dont le sexe est toujours resté douteux, bien qu'elle ait été l'objet de plusieurs examens de la part de médecins faisant autorité[1]. Cette femme, née à Mellrichstadt (Franconie) en 1824, présentait l'apparence masculine, sauf qu'elle n'avait pas de barbe, et que chez elle les seins étaient bien développés ; à 19 ans, les règles se montrèrent et se continuèrent jusqu'à 40 ans. Pendant cette période, elle vécut maritalement avec un homme, jouant dans ses rapports avec lui le rôle féminin. Quand survint la cessation des règles, Catherine Hohmann, fondée d'ailleurs à douter de sa qualité de femme, changea, pourrait-on dire, de sexe ; elle prit le nom de Charles, adopta des habits masculins, se sentit du goût pour les femmes, et se maria même avec une Américaine. Malheureusement, quand mourut ce singulier personnage, en 1881, l'autopsie n'en fut pas faite ; par elle, on aurait pu être éclairé sur la part imputable à chacun des sexes dans l'organisation anormale de cet individu, qui lui avait permis de se les attribuer tous deux successivement.

Un autre cas également intéressant d'hermaphrodisme a été observé en Italie par Luigi de Crecchio, et publié par lui en 1865[2]. Il s'agit d'un

---

1 Voy. *Gazette hebdomadaire...* 1876, n° 51, p. 803.

2 L. de Crecchio, Sopra un caso di apparenze virili in una donna, in *Il Morgagni*, 1865. *Annales d'Hygiène publique et de Médecine légale*, 1865, t. XXV, p. 180.

nommé Giuseppe Marzo qui, à sa naissance, en 1820, fut déclaré comme fille par la sage-femme qui avait assisté la mère, puis considéré comme garçon, sur le témoignage d'un médecin qui fut appelé à l'examiner quand il avait quatre ans. Elevé dès lors comme tel, il montra des penchants et des goûts masculins ; à la puberté, il présenta les caractères extérieurs de ce sexe et prit de la barbe ; puis il vécut en homme, recherchant les femmes, et faisant preuve même de mœurs assez relâchées. Or, quand il mourut, on constata à l'autopsie que c'était un hermaphrodite féminin qui n'avait de la conformation masculine, que l'apparence.

Les femmes d'aspect masculin, qui par l'habitus et la physionomie se rapprochent de l'homme, sont désignées sous le nom de *Viragos*, et il s'en trouve à des degrés fort divers.

Féminisme. — D'autre part, on a observé des cas, plus fréquents même que les précédents, d'hermaphrodisme masculin, dans lesquels l'atrophie, ou la malformation des organes génitaux, entraînait, chez les mâles, des modifications qui les rendaient plus ou moins semblables à des femmes. On a donné à l'ensemble de ces modifications le nom de *féminisme*.

« En même temps, dit Geoffroy Saint-Hilaire, que les organes sexuels prennent une ressemblance plus ou moins marquée avec ceux de la femme, l'organisation tout entière se modifie dans le même sens et s'empreint véritablement d'un caractère féminin. Ainsi le larynx est peu saillant et la voix peu grave. La barbe est rare et quelquefois manque presque entièrement. Une peau douce, délicate, portant à peine quelques poils et soutenue par un tissu adipeux bien développé, recouvre des muscles peu saillants. La poitrine étroite, le bassin élargi, les membres petits, rappellent par leurs proportions ceux de la femme. Enfin, des mamelles arrondies, plus ou moins volumineuses, pourvues de mamelons bien prononcés, viennent compléter une ressemblance qui s'étend jusqu'au moral[1]. »

Des faits de ce genre ont donné souvent lieu à des méprises sur la nature du sexe de ceux qui les présentaient, et il n'est pas rare que des individus de cette sorte aient passé pour femmes et même aient été mariés, comme tels, pendant de longues années. On en trouve un certain nombre de cas rapportés dans les publications spéciales de méde-

[1] Is. Geoffroy Saint-Hilaire, *Histoire générale et particulière des anomalies de l'organisation chez l'homme et les animaux*, Paris, 1832, t. II, p. 65.

cine, et parmi eux, nous citerons, à titre d'exemple, celui d'Alexina B. qui a été, de la part du Dr Goujon, l'objet d'une étude à laquelle nous empruntons les détails suivants [1] :

« Cette observation, fait remarquer M. Goujon est une des plus complètes que la science possède dans ce genre ; elle l'est surtout par ce fait exceptionnel que le sujet qui est en cause a pris soin de nous laisser de longs mémoires, par lesquels il nous initie à tous les détails de sa vie et à toutes les impressions qui se sont produites chez lui aux différentes périodes de son développement physique et intellectuel. Ces mémoires ont d'autant plus de valeur qu'ils émanent d'un individu doué d'une certaine instruction (il avait un brevet d'institutrice et avait été reçu le premier au concours pour l'obtention de ce diplôme), et faisant des efforts pour se rendre compte des différentes impressions qu'il éprouve [2]. »

- Voici un passage de ces mémoires qui en montre tout l'intérêt psychologique. Alexina B. venait d'être admise à l'école normale de D.

---

[1] E. Goujon, Etude d'un cas d'hermaphrodisme bisexuel imparfait chez l'homme (*Journal de l'Anatomie*, 1869, p. 599).

[2] Ces mémoires ont été publiés par le professeur Tardieu à la suite d'une étude médico-légale sur *l'Identité dans ses rapports avec les vices de conformation des organes sexuels*, Paris, 1874.

« Je ne sais, dit-elle, quel trouble inexprimable
vint me saisir lorsque je franchis le seuil de cette
maison ; c'était de la douleur, de la honte. Ce que
j'éprouvai, nulle parole humaine ne pourrait l'exprimer.

« Cela paraîtra incroyable, sans doute, car enfin
je n'étais plus une enfant, j'avais dix-sept ans, et
j'allais me trouver en face de jeunes filles, dont
quelques-unes en avaient à peine seize. L'accueil
si affectueux de la bonne supérieure m'avait lais-
sée insensible, et, chose étrange, lorsque, conduite
par elle, j'arrivai à la classe des élèves-maîtresses,
la vue de tous ces frais et charmants visages qui
me souriaient déjà me serra le cœur. Sur tous ces
jeunes fronts je lisais la joie, le contentement, et
je restais triste, épouvantée ! Quelque chose d'in-
stinctif se révélait en moi, semblant m'interdire
l'entrée de ce sanctuaire de virginité. Un sentiment
qui dominait en moi, l'amour de l'étude, vint faire
diversion à la bizarre perplexité qui s'était em-
parée de tout mon être.

« Un immense dortoir, composé de cinquante
lits à peu près nous réunissait toutes. Aux deux
extrémités de cette pièce on voyait un lit garni de
rideaux blancs, occupé chacun par une religieuse.
Habituée depuis longtemps à avoir une chambre

pour moi, je souffris énormément de cette espèce
de communauté. L'heure du lever surtout était un
supplice pour moi; j'aurais voulu pouvoir me déro-
ber à la vue de mes aimables compagnes, non pas
que je cherchasse à les fuir, je les aimais trop pour
cela, mais instinctivement j'étais honteux de l'é-
norme distance qui me séparait d'elles, physiquement parlant.

« A cet âge où se développent toutes les grâces
de la femme, je n'avais ni cette allure pleine d'a-
bandon, ni cette rondeur de membres qui révèlent
la jeunesse dans toute sa fleur. Mon teint, d'une
paleur maladive, dénotait un état de souffrance
habituelle. Mes traits avaient une certaine dureté
qu'on ne pouvait s'empêcher de remarquer. Un
léger duvet qui s'accroissait tous les jours couvrait
ma lèvre supérieure et une partie de mes joues. On
le comprend, cette particularité m'attirait souvent
des plaisanteries que je voulus éviter en faisant un
fréquent usage de ciseaux en guise de rasoirs. Je
ne réussis, comme cela devait être, qu'à l'épaissir
davantage et à la rendre plus visible encore.

« J'en avais le corps littéralement couvert, aussi
évitais-je soigneusement de me découvrir les bras,
même dans les plus fortes chaleurs, comme le faisaient mes compagnes. Quant à ma taille, elle

restait d'une maigreur vraiment ridicule. Tout
cela frappait l'œil, je m'en apercevais tous les
jours. Je dois le dire, pourtant, j'étais généralement aimée de mes maîtresses et de mes compagnes, et cette affection je la leur rendais bien, mais
d'une façon presque craintive. J'étais née pour
aimer. Toutes les facultés de mon âme m'y pous-
saient ; sous une apparence de froideur, et presque
d'indifférence, j'avais un cœur de feu.

« Cette malheureuse disposition ne tarda pas à
m'attirer des reproches et à me rendre l'objet d'une
surveillance que je bravais ouvertement... »

Après bien des péripéties dont Alexina B. a
donné un émouvant récit, elle fut amenée quelques
années après à demander une rectification de son
état civil qui lui rendit la qualité d'homme.

Cette rectification fut précédée d'un rapport
médico-légal où se trouvent décrits les caractères
extérieurs présentés alors par Alexina, qui exerçait
les fonctions d'institutrice dans un pensionnat.

« Alexina, y est-il dit, qui est dans sa vingt-
deuxième année, est brune, sa taille est de 1^m,59.
Les traits du visage n'ont rien de bien caractérisé
et restent indécis entre ceux de l'homme et ceux
de la femme. La voix est habituellement celle d'une
femme ; mais parfois, dans la conversation ou dans

la toux, il s'y mêle des tons graves et masculins.
Un léger duvet recouvre la lèvre supérieure; quelques poils de barbe se remarquent sur les joues.
La poitrine est plate et sans apparence de mamelles.
Les règles n'ont jamais apparu, au grand désespoir
de sa mère et d'un médecin qu'elle a consulté, et
qui a vu toute son habileté rester impuissante à
faire apparaître cet écoulement périodique. »

Le rapport concluait que, malgré les apparences
et les anomalies organiques, qui avaient pendant
plus de vingt ans fait prendre Alexina pour une
femme, elle était en réalité un hermaphrodite masculin. Alors, ce fut pour lui, selon son expression,
« une nouvelle phase de sa double et bizarre existence » à laquelle le malheureux mit bientôt fin
par le suicide.

*Anomalies par arrêt de développement; Anor-
chidie.* — A côté de ces cas de pseudo-hermaphrodisme masculin, la science en a enregistré
d'analogues, consistant dans un état anormal, par
arrêt de développement, des organes de la génération chez l'homme, et montrant son retentissement
sur l'économie tout entière. Parfois les testicules
peuvent faire défaut par un vice originel de conformation *(anorchidie congénitale)*; tantôt il y a
absence d'un seul de ces organes *(anorchidie uni-*

latérale), et tantôt ils manquent tous les deux
(*anorchidie double*). Les individus atteints de cette
dernière anomalie sont complètement impropres à
la génération, et, au point de vue des différences
sexuelles, on constate chez eux un remarquable
cachet de ressemblance avec la femme, constituant un état manifeste de *féminisme* ; c'est un fait
qui a frappé l'attention de tous les médecins. Le
docteur Godard, à qui on doit une excellente
étude [1] de cette question spéciale de tératologie, a
eu soin d'observer et de mentionner les effets de
l'absence des testicules sur le développement physique, intellectuel et moral de ceux qui en sont
privés.

« Ce vice de conformation, dit-il, imprime un
cachet tout particulier à ceux qui en sont atteints...
Leurs formes, leur extérieur les rapprochent de la
femme : comme elle, le plus souvent, ils sont de
taille moyenne; leurs traits sont délicats et peu
accusés; leur peau est douce au toucher, d'un blanc
mat et absolument glabre; presque constamment
ils ont les cheveux blonds, fins et lisses, et leur
appareil pileux est moins développé que celui de

[1] Ernest Godard, *Recherches tératologiques sur l'appareil séminal de
l'homme*, Paris, 1860.

la femme; ils n'ont quelques poils rares qu'au pubis; la poitrine, les aisselles, le menton en sont privés.

« Les individus affectés d'une absence congénitale des deux testicules sont mous, peu énergiques, craintifs; tout leur fait peur...

« De même que chez les animaux châtrés jeunes, les forces physiques des individus dont je fais l'histoire n'acquièrent pas leur développement normal; aussi, le plus souvent, sont-ils incapables d'un travail pénible et continu; leur défaut d'énergie, de courage et de force, devra les faire exempter du service de l'armée, bien qu'ils ne soient spécialement exposés par leur infirmité à aucun accident grave. »

On sait quelle modification subit la voix chez l'homme sous l'influence de la puberté; ce changement ne se produit pas chez les anorchides. Leur voix, au lieu de muer, reste à peu près ce qu'elle était chez l'enfant et ressemble à celle de la femme, mais sans être aussi agréable. « Tous les individus affectés d'anorchidie congénitale double dont j'ai recueilli l'observation, dit Godard, avaient la voix grêle et d'un timbre élevé; l'un d'eux même avait absolument une voix de femme, et la note la plus basse qu'il pouvait donner était supé-

rieure d'une octave à la note la plus basse que je
pouvais atteindre [1]. »

Castration ou eunuchisme; ses effets sur l'orga-
nisme. — De même que l'absence congénitale des
organes essentiels de la génération prive les individus où on l'observe des attributs de leur sexe,
l'ablation volontaire de ces organes, opérée parfois
pour des motifs de nature variable, entraîne des
résultats semblables. Elle constitue ce qu'on appelle la *castration*, et l'on désigne les individus qui
l'ont subie sous le nom de *castrats*, ou *eunuques*.

L'étude de la castration est particulièrement in-
structive au point de vue des conséquences qu'elle
produit sur le physique et le moral de ceux qui y
ont été soumis. Quelquefois cette opération est
employée comme moyen chirurgical, dans un but
curatif, mais le plus souvent elle a été pratiquée,
soit sous l'inspiration du fanatisme religieux, soit
en vue de faire des esclaves pour le service des
harems.

Les effets de la castration sur l'organisme se
montrent aussi complets que possible quand l'opération a été faite sur de jeunes enfants, avant
l'âge de la puberté. Si elle a eu lieu après cette

[1] Ernest Godard, *loc. cit.*, p. 66 et suiv.

période, une fois le développement qui y correspond effectué, les modifications qui en résultent sont naturellement moins profondes, quoique pourtant bien manifestes encore. De là, des degrés en quelque sorte dans la déchéance des misérables victimes de cette odieuse et barbare coutume.

Ancienneté de cette pratique. — Il semble singulier qu'une semblable pratique, aussi directement contraire aux lois de la nature, ne soit pas restée à l'état d'exception, et que, dans les temps anciens, et de nos jours même, on la trouve appliquée chez différents peuples. D'après les témoignages des historiens, elle était en usage chez les Mèdes, les Perses et les Assyriens. Elle avait parfois un caractère religieux ; c'est à ce titre qu'elle était imposée aux Mégalobuses, ou prêtres consacrés au service de Diane, à Éphèse, comme garantie de la pureté de leurs mœurs. Elle entrait aussi dans le culte rendu à Cybèle par les Corybantes, à l'imitation d'Atys, l'amant de la déesse qui, d'après la légende, aurait pratiqué cette mutilation sur lui-même. La secte des Corybantes, répandue en Asie-Mineure, en Grèce et dans l'Empire romain, s'y maintint jusqu'aux derniers temps du paganisme.

Le fanatisme religieux peut produire les mêmes aberrations, quelle que soit la croyance dont il

s'inspire, et il est bien curieux de voir le christia-
nisme compter à l'origine, et aujourd'hui encore,
comme nous verrons, des adeptes qu'un zèle su-
perstitieux a pu conduire à se mutiler ainsi volontairement. Il nous suffira de rappeler à ce propos
l'exemple célèbre d'Origène.

Né à Alexandrie en 185, et fils d'un père martyr
de la persécution de Septime Sévère, Origène se
voua jeune à l'étude des écritures sacrées, et était
à dix-huit ans, catéchiste de l'école d'Alexandrie.
Son enseignement public s'adressait également aux
femmes et aux hommes ; emporté par l'exaltation
d'une foi qui plaçait l'idéal religieux dans le déta-
chement le plus absolu des œuvres de la chair, il se
réduisit, à vingt-et-un ans, pour réaliser cet idéal et
se préserver de toute faiblesse, à l'état d'eunuque.
Cet acte de folie trouva dans l'Église des approba-
teurs, et même des imitateurs. L'un d'eux, nommé
Valésius, eut recours à l'opération d'Origène, pour
se soustraire par ce moyen héroïque à l'empire de
ses passions et assurer ainsi son salut ; il fit en
outre des prosélytes, et forma une secte, appelée de
son nom secte des Valésiens, dont les adeptes
poussèrent le zèle fanatique jusqu'à employer la
violence pour faire subir à d'autres la mutilation à
laquelle ils s'étaient soumis eux-mêmes. Valésius

et ses disciples furent à la vérité désavoués par
l'Église, et passèrent alors en Arabie, où leur secte
s'éteignit au bout de quelque temps.

*Existence de la castration dans les temps mo-
dernes*. — Cependant cette déplorable pratique de
la castration, quoique condamnée, en 325, par un
décret du concile de Nicée, qui excluait du clergé
quiconque s'était mutilé volontairement, fut lente
à disparaître, et l'on en trouve des cas bien postérieurs à cette époque. On sait d'ailleurs que l'usage
s'en est maintenu en Italie, jusque dans les temps
modernes, dans le but de former une catégorie
spéciale de chanteurs pour les cérémonies du culte.
Aujourd'hui encore la superstition n'a pas fini de
faire des victimes de ce genre, en les amenant à
accepter, comme méritoire et agréable à Dieu, le
sacrifice de leur virilité.

Les Skoptzis, en Russie. — Il existe en Russie une
secte nombreuse, plus nombreuse peut-être qu'on
ne croit, celle des *Skoptzis*, qui pratique la mutilation des organes génitaux, comme œuvre de sain-
teté, et se distingue par l'ardeur de son prosély-
tisme fondé sur la croyance que le Christ reviendra
sur terre, quand leur nombre aura atteint le chiffre
fatidique de 144.000. L'existence de ces fanatiques et leurs coutumes nous ont été pour ainsi

dire révélées par le docteur Pélikan, dans un ou
vrage publié à Saint-Pétersbourg en 1876, et analysé peu après, en France, dans le *Progrès médical*.[1] Depuis, un de nos anthropologistes les plus
distingués, M. Ernest Chantre, dans un voyage
scientifique au Caucase, a eu l'occasion d'observer
ces sectaires et de recueillir sur leur compte
quelques renseignements curieux. Voici le passage
qu'il leur consacre :

« Les Skoptzis ou « mutilés » constituent une
secte très nombreuse en Russie. Dans les grandes
villes, telles que Saint-Pétersbourg, Moscou, Riga,
Odessa, etc..., beaucoup de marchands d'objets
en or et en argent, ainsi que les changeurs sont
des Skoptzis. Au Caucase, où ils ont donné lieu à
des récits contradictoires, ils vivent en petits
groupes isolés et ne paraissent pas avoir fait de
prosélytes. Dans le gouvernement d'Orel, on
trouve des villages entiers peuplés par ces sectaires.
Rien à l'extérieur ne dénote l'état anormal de leurs
habitants ; on y voit des maisons bien construites,
des femmes et des enfants parce qu'ici, par exception, les Skoptzis se marient, mais ils n'ont jamais

---

[1] *Gerichtlich-medicinische Untersuchungen über das Skoptzenthum in
Russland*, von E. Pelikan, übersetzt von J. Jwanoff. Saint-Pétersbourg,
1876. Analysé in *Progrès médical*, années 1876-1877.

qu'un seul enfant, après quoi ils se soumettent aux pratiques de leur déplorable superstition.

« C'est à partir de cette époque qu'ils prennent une physionomie spéciale, qui les rapproche des individus atteints de féminisme qui ne sont pas rares au Caucase.

« Quoique officiellement le nombre connu des Skoptzis ne s'élève qu'à deux ou trois mille, il est avéré qu'il est plus considérable [1]. »

Il y a là une particularité bien curieuse et difficile à expliquer ; c'est la pratique de la castration chez des hommes mariés, les Skoptzis du gouvernement d'Orel, car on se demande par quelle étrange aberration d'esprit ils peuvent en arriver à comprendre de pareille façon leur rôle et le devoir dans le mariage.

Les eunuques esclaves, en Orient. — Le fanatisme religieux n'est pas seul à incriminer comme cause du coupable emploi de la castration. Celle-ci a été surtout mise en usage dans le but de faire des esclaves propres à servir d'instruments dociles entre les mains de maîtres pour qui leur impuissance est un sûr garant contre toute jalousie possible. C'est ainsi que, chez les Orientaux, les eunuques ont été

[1] Ernest Chantre, *Recherches anthropologiques au Caucase*, in-4, Paris, 1887, t. IV, p. 266.

affectés à la garde et au service des harems. Ici la
castration est pratiquée de bonne heure sur les
enfants voués à ce triste sort, et, bien entendu,
elle n'est pas volontaire de leur part. C'est chez
eux surtout qu'on peut en observer les effets ; aussi
leur étude présente-t-elle, à ce point de vue, un
intérêt particulier. Les voyageurs, dans leur récits, et parmi eux surtout les médecins, nous ont
fait connaître les traits qui distinguent ces individus des autres hommes.

De ces traits, les uns portent sur le physique,
les autres sur le moral.

Au physique, on peut dire que l'eunuque se caractérise par l'absence des signes distinctifs de la
virilité. En effet, la castration, faite dans l'enfance,
met obstacle à la transformation qui accompagne
la puberté et dont nous avons vu l'intime corrélation avec le développement de la fonction génitale. Malgré l'accroissement du corps, sa physionomie générale rappelle celle de l'enfant ; les
formes sont plus arrondies qu'à l'état normal ; les
chairs plus molles, le tissu adipeux plus abondant ;
la peau reste lisse et glabre ; les poils et la barbe
en particulier font défaut ; le visage est ordinairement rond et plein, mais il se ride vite et ressemble
alors à celui d'une vieille femme (fig. 82).

Fig. 82. — Portrait d'eunuque (d'après le Dʳ Godard,
Egypte et Palestine, 1867).

Les castrati, à Rome. — On a vu par quelle
étroite sympathie la voix est physiologiquement
liée aux organes de la génération, et le changement qu'elle subit à l'époque de la puberté. Chez
les castrats, comme ches les anorchides, ce changement n'a pas lieu et leur larynx n'atteint pas les
mêmes dimensions que chez les hommes ordinaires. Leur voix reste ce qu'elle était auparavant ;
elle conserve le même timbre, et prend seulement
plus de force par suite du développement des organes respiratoires ; elle a alors beaucoup de ressemblance avec une voix de femme. C'est pour ce
motif que la castration a été longtemps appliquée,
en Italie, à des enfants, dans le but d'en faire des
chanteurs doués de cette espèce particulière de
voix, pour exécuter les parties de soprani dans la
musique d'église. Ces enfants étaient pour la plupart vendus par leur parents, qui les sacrifiaient
ainsi à leur cupidité, sans avoir, faut-il croire, nettement conscience de ce que leur action avait
d'abominable.

Les opinions sont controversées relativement à
l'époque où remonterait l'usage, comme chanteurs,
de ces eunuquesqu'on désignaiten Italie souslenom
de *castrati*, mais il est certain qu'il a existé pendant
les xvii° et xviii° siècles, et n'a pris fin qu'au siècle

actuel. D'Italie, il avait passé dans les pays voisins, et Louis XIV avait dans sa chapelle des soprani de cette espèce. Leur emploi, d'ailleurs, ne se limita pas à la musique religieuse, et plusieurs d'entre eux chantèrent au théâtre, dans des rôles de femmes où ils obtinrent de grands succès. Le plus célèbre peut-être de ces artistes, qui fut aussi le dernier connu, nommé Veluti, se fit entendre successivement, de 1805 à 1826, sur les grandes scènes lyriques de Rome, de Naples, de Milan, de Turin, de Venise, de Vienne et de Londres, et fut réputé pour le premier chanteur de son temps. Ayant ensuite perdu la voix, il se retira dans son pays natal, à Monterone, où il vécut jusqu'en 1861.

Tous les témoignages concordent pour reconnaître, chez les castrati, des traits nombreux et frappants de ressemblance avec la femme. Le président de Brosses, dans ses lettres sur l'Italie, en a fait le portrait suivant :

« Ils deviennent pour la plupart, écrit-il, gros et gras comme des chapons, avec des hanches, une croupe, les bras, la gorge et le col ronds et potelés comme des femmes. Quand on les rencontre dans une assemblée, on est tout étonné, lorsqu'ils parlent, d'entendre sortir de leur bouche une petite

voix d'enfant. Il y en a de fort jolis; ils sont fats
et avantageux avec les dames...

« Il faut être accoutumé à ces voix de castrats
pour les goûter. Le timbre en est aussi clair et
perçant que celui des enfants de chœur, et beaucoup plus fort; il me paraît qu'ils chantent à l'octave au-dessus de la voix naturelle des femmes.
Leurs voix ont toujours quelque chose de sec et
d'aigre, éloigné de la douceur jeune et moelleuse
des voix des femmes, mais elles sont brillantes,
légères, pleines d'éclat, très fortes et très étendues [1]. »

Cependant, à en croire Jean-Jacques Rousseau,
la voix de ces chanteurs ne justifiait pas, par ses
qualités, le cas qu'on en faisait. Il dit, en effet, à ce
sujet, dans son *Dictionnaire de la musique :* « De
toutes les voix aiguës, il faut convenir, malgré la
prévention des Italiens pour les castrati, qu'il n'y
en a pas d'espèce comparable à celle des femmes,
ni pour l'étendue, ni pour la beauté du timbre. La
voix des enfants a peu de consistance et n'a point
de bas; celle des eunuques, au contraire, n'a
d'éclat que dans le haut, et pour le fausset, c'est le

---

[1] Ch. de Brosses, *Lettres historiques et critiques sur l'Italie*, 1738.
Lettre IX.

plus désagréable de tous les timbres de la voix humaine : il suffit, pour en convenir, d'écouter, à
Paris, les chœurs du Concert spirituel et d'en com-
parer les dessus avec ceux de l'Opéra. »

Il paraît donc difficile d'expliquer l'engoue-
ment dont les castrati ont été l'objet, et qui les
faisait rechercher au point que, d'après Doray de
Langrais, qui écrivait en 1784, le nombre des
enfants que l'on mutilait dans ce but, en Italie,
s'élevait à quatre mille par an. Mais il y en avait
beaucoup de sacrifiés inutilement, car, comme le
fait remarquer Fétis, la mutilation ne produisait
pas toujours les effets qu'on en avait espérés, et
beaucoup d'infortunés perdaient la qualité d'homme
sans acquérir la voix du chanteur [1].

Influence de la castration sur le moral. — Les
eunuques, s'ils s'ont dégradés physiquement, ne le
sont pas moins moralement ; à cet égard, il y a
unanimité dans le jugement porté sur eux. Leur
infériorité vis-à-vis des autres hommes consiste
dans l'abaissement du caractère, le défaut d'énergie morale et l'affaiblissement de l'intelligence.
« Les eunuques, dit Benoît Mojon, sont la classe
la plus vile de l'espèce humaine : lâches et fourbes,

[1] Fétis, *Biographie universelle des musiciens*, Paris, 1835, t. I, p. 318.

parce qu'ils sont faibles ; envieux et méchants, parce qu'ils sont malheureux [1]. » Ils sont mauvais, d'après Godard, curieux, fanatiques, avares et orgueilleux; leur vanité les porte à aimer les bijoux et à se parer de beaux vêtements.

Les effets de la castration ne se montrent pas toujours au même degré chez les individus qui l'ont subie, et l'histoire a enregistré des noms d'eunuques qui ont fait preuve d'une intelligence et d'un esprit élevés, celui d'Abélard, par exemple; mais il faut remarquer que ce sont là des cas exceptionnels et qui, pour la plupart, se rapportent à des eunuques mutilés après la puberté, une fois leur développement accompli. Mais, alors même, il y a le plus souvent chez eux rétrogradation et amoindrissement des signes caractéristiques de la virilité, ainsi qu'on a pu le constater maintes fois. Tel est l'exemple relaté par Godard, de ce militaire qui, ayant eu les testicules atrophiés à la suite d'une maladie spéciale, entra à l'hôpital, où le Dr Coffin eut l'occasion de l'observer. « J'ai vu, dit ce médecin, dans le service de M. Chassaignac, un homme de vingt-sept ans, dont les formes ex-

---

[1] Benoît Mojon, *Effets de la castration sur le corps humain*. Montpellier, 1804, p. 25.

térieures étaient celles d'une femme ; il avait la
peau blanche, les cheveux longs, point de barbe,
la voix féminine, les seins développés, les formes
rondes et peu de force musculaire [1]. »

L'action exercée sur le moral par la castration
chez des sujets déjà formés, n'est pas moins marquée, comme le témoigne le fait suivant que
raconte M. d'Escayrac de Lauture :

« J'ai vu, dit-il, six esclaves, appartenant au ca-
chef d'Abou-Haras, dans le Cordofan, qu'à la suite
d'un complot tramé contre la vie de leur maître ce
dernier avait fait émasculer ; tous étaient pubères
lorsqu'ils subirent cette mutilation, aucun cependant ne mourut ; leur caractère changea entièrement, et la soumission qu'ils montrent aujourd'hui
diffère d'une façon remarquable de l'esprit de rebel-
lion et de vengeance qui les animait auparavant [2]. »

Tout démontre donc la dégradation qu'entraîne
chez l'homme la perte des organes sexuels, quelle
que soit l'époque de la vie où elle ait lieu.

Un phénomène analogue résulte chez la femme
de l'ablation des ovaires, par suite de la corrélation qui unit le développement des caractères de

[1] E. Godard, *Recherches tératologiques...*, p. 67, note.
[2] D'Escayrac de Lauture, *Le Désert et le Soudan*, Paris, 1853,
p. 448.

son sexe à l'activité de ces organes, ainsi qu'on l'a vu à propos de la menstruation. Elle perd alors les attributs qui lui sont propres, et se rapproche de l'homme par l'apparence et par les traits extérieurs. Mais les faits de castration chez la femme sont moins nombreux que chez l'homme, car, en dehors des cas chirurgicaux, la pratique de cette mutilation est restée beaucoup plus rare, ce qui s'explique, entre autres motifs, par la situation profonde de ces organes qui a été pour eux une cause de protection. Pourtant, il y a dans l'Inde des femmes eunuques, appelées *Hedjéras*, sur lesquelles M. Roberts a donné quelques renseignements intéressants [1].

L'influence de la castration sur l'économie est constante dans ses effets. Chez les animaux, la perte des organes de la génération amène des modifications semblables à celles qu'on observe chez l'homme.

On connaît l'efficacité de ce moyen pour soumettre et dompter ceux qui se montrent rebelles. Le cheval hongre se distingue du cheval entier par une humeur plus douce et des formes plus arrondies. Le bélier châtré perd ses instincts ba-

1 Journal *l'Expérience*, Paris, 9 février 1813.

tailleurs, en même temps que ses cornes, et se transforme en un mouton paisible. De même, le taureau se change en bœuf, le coq en chapon et on sait quelle différence il y a entre eux.

C'est une loi de la nature que la sexualité imprime à l'organisation un cachet particulier, généralement plus marqué chez les animaux supérieurs, et qui atteint dans l'espèce humaine un haut degré de développement.

CHAPITRE VIII

LA SÉLECTION SEXUELLE CHEZ L'HOMME

L'instinct sexuel. — Loi de combat et capture de la femme. — Enlèvement symbolique. — Recherche de la beauté et goût de la parure. — La peinture du corps et le tatouage. — Les cheveux et la coiffure. — Bizarrerie de certains ornements. — Mode d'action de la sélection sexuelle. — Rôle de l'amour comme agent de sélection. — Influence des conditions sociales. — Conclusions.

L'instinct sexuel. — La différenciation des sexes, corrélative de leur séparation, est intimement liée au mouvement d'attraction qui les pousse l'un vers l'autre pour assurer par leur union la vie de l'espèce. Cette attraction mutuelle constitue *l'instinct sexuel,* qui a pour effet de déterminer, par le rapprochement d'individus de sexe différent, la rencontre des éléments mâle et femelle d'où sortira un être nouveau.

Les conditions propres à amener ce résultat se perfectionnent d'autant plus que les animaux ont une organisation plus élevée, et les manifestations de l'instinct sexuel se développent concurremment.

Chez un grand nombre d'êtres inférieurs, et en particulier chez ceux qui sont fixés au sol, c'est au hasard que les germes sont abandonnés, et il faut, pour qu'il y ait fécondation, un concours favorable de circonstances, dans lesquelles les individus générateurs n'interviennent en aucune façon. Dans ces cas-là, l'instinct sexuel n'apparaît pas encore, mais on peut en voir cependant la première origine dans l'impulsion à laquelle obéissent pour s'unir les deux éléments, mâle et femelle, fortuitement mis en présence.

C'est par la recherche volontaire que font l'un de l'autre les individus de sexe différent, en vue de la reproduction, que se manifeste l'instinct sexuel ; mais que de degrés divers dans ses manifestations ! Parfois le mâle et la femelle restent étrangers l'un à l'autre, comme on le voit chez la plupart des poissons, et alors cet instinct se révèle seulement par le concours que chacun d'eux apporte pour sa part à l'œuvre commune de la génération, concours qui se borne au dépôt successif qu'ils font dans un même lieu des éléments reproducteurs, sans rapprochement sexuel. Il a pour effet de déterminer le mâle, après la ponte des œufs par la femelle, à venir les arroser de sa laitance pour les féconder. Mais, en règle générale, chez les animaux d'une organisation élevée, la fécondation résulte du rapprochement des deux sexes dans un acte qui a pour but d'amener le contact de l'ovule et du spermatozoïde, et l'instinct sexuel pousse alors les mâles et les femelles à s'unir pour l'accomplissement de cet acte qui constitue l'accouplement.

On sait que la rencontre des éléments générateurs peut avoir lieu au dehors de l'organisme maternel, auquel cas la fécondation est dite *extérieure*, et c'est de cette façon qu'elle s'opère chez la grenouille, où le mâle répand sa semence sur les œufs pondus par la femelle, au moment de leur expulsion. Mais chez les vertébrés supérieurs, c'est au sein de l'organisme maternel que se fait la fécondation, qu'on dit alors *intérieure*; elle nécessite le transport de la liqueur séminale du mâle dans les voies génitales de la femelle, transport ordinairement effectué au moyen d'un organe spécial d'intromission, ou organe copulateur, conformé pour cet usage. C'est là le mode de fécondation le plus perfectionné, celui qu'on rencontre chez les animaux les plus élevés en organisation, chez les mammifères et chez l'homme. Quand l'union des sexes prend cette forme qui comporte le rapprochement le plus intime entre les générateurs, l'instinct sexuel qui la détermine est porté à son plus haut degré, mais les manifestations en sont infiniment variées, comme les formes vivantes elles-mêmes. Plus ou moins obscur et aveugle chez les animaux, cet instinct, changeant de caractère sinon de nature, devient chez l'homme la passion maîtresse et dominante que l'on appelle l'amour. Son influence est d'autant plus grande chez lui qu'elle s'exerce d'une manière constante, par suite du privilège que lui donne son organisation d'une aptitude continue à la génération. Il en est autrement chez les animaux pour qui cette aptitude est temporaire; l'activité génésique est limitée chez eux à des époques déterminées, et c'est pendant ces périodes de rut que l'instinct sexuel se manifeste dans toute son énergie. On voit alors les mâles se livrer à la poursuite des femelles et aux manœuvres diverses dont il a été question dans un précédent chapitre, pour s'en assurer la possession.

Malgré les modifications subies par l'instinct sexuel chez l'homme, modifications d'autant plus grandes qu'il est plus civilisé, on trouve dans ses manifestations des traits remarquables d'analogie avec celui des animaux, qui montrent que son essence est la même. On voit, en effet, chez les peuples primitifs et sauvages, la recherche de la

femme s'accompagner d'actes qui rappellent ceux
dont certains animaux nous ont rendus témoins.

Loi de combat et capture de la femme. — Ainsi,
la *loi de combat* pour la possession des femelles a
été et est encore mise en pratique, parmi les
hommes, pour la conquête de la femme. Que de
fois celle-ci a été une cause de lutte et de guerre,
soit entre individus, soit entre tribus voisines!
N'est-ce pas même cette tradition qui, au temps
de la chevalerie, a fait souvent de la main d'une
noble fille le prix promis au vainqueur d'un
tournoi?

Chez les nations barbares ou sauvages, la violence est encore d'un emploi fréquent pour s'emparer de la femme qui, capturée par l'homme, devient
sa propriété. Le procédé d'enlèvement brutal est
pratiqué dans différents pays, notamment en Australie, dans certaines îles de la Mélanésie et de la
Malaisie, chez les Fuégiens, les Araucans, etc...

« Chez les Indiens de la baie d'Hudson, dit
Hearne, une coutume fort ancienne veut que les
hommes luttent au pugilat pour la possession de
la femme à laquelle ils sont attachés; et, bien entendu, le plus fort enlève toujours le prix. Un
homme faible, à moins qu'il ne soit excellent chas-
seur et fort aimé dans sa tribu, garde rarement

une femme qu'un homme plus fort que lui veut s'approprier. Cette coutume existe dans toutes leurs tribus et cause un grand esprit d'émulation parmi les jeunes gens qui, dans toutes les occasions, et dès leur plus tendre enfance, essayent leur force et leur habileté à la lutte [1]. »

En Australie, quand un indigène a jeté son dévolu sur une femme et veut la prendre pour compagne, il l'enlève de force, en la rouant de coups et l'assommant à moitié, après quoi le mariage est dûment consommé. Dumont d'Urville raconte une scène de ce genre dont il fut témoin, à la fin d'une fête à laquelle il assistait.

« D'un des coins de l'arène, dit-il, partaient des cris aigus et déchirants. C'était une jeune femme que deux guerriers entraînaient de force vers le milieu du champ de bataille. La malheureuse se cramponnait aux arbustes et aux troncs d'arbres ; mais les sauvages, sans s'inquiéter ni de ses cris ni de sa résistance, continuaient à l'entraîner violemment. Sa tête se heurtait aux cailloux et aux branches, et le sang mêlé à ses larmes en faisait un objet digne de pitié. Je voulus aller au secours de cette pauvre créature : Gardez-vous en bien,

[1] Cité par Lubbock, *Les origines de la civilisation*, trad. Barbier, p. 91, Paris, 1873.

me dit Harry, c'est un mariage qui s'accomplit; la femme est peut-être d'accord avec ses ravisseurs; elle doit appartenir à l'un d'eux après la comédie jouée[1]. »

Enlèvement symbolique. — On voit que l'enlèvement est parfois simulé, mais, vrai ou faux, il constitue toujours pour ces populations le préliminaire obligé du mariage. La capture de la femme, qui était générale au début de l'humanité, se changea par degrés, avec les progrès de la civilisation, en un simulacre de ce qui fut autrefois une triste réalité. Le simulacre prit des formes variées suivant les peuples, mais se retrouve chez tous, au moins à l'état de symbole, comme faisant partie du cérémonial qui accompagne le mariage. On en pourrait donner de nombreux exemples; nous nous bornerons aux deux suivants que nous empruntons à Lubbock.

« Chez les Kalmoucks, raconte le docteur Clarke, la jeune fille monte à cheval et s'éloigne au galop. Son amant la poursuit; s'il l'atteint, elle devient sa femme et le mariage est immédiatement consommé; après quoi, elle retourne avec lui à sa tente. Mais il arrive quelquefois que la femme ne

---

[1] Dumont-d'Urville, *Voyage autour du monde*, t. II, p. 357.

désire pas épouser l'homme qui la poursuit; dans
ce cas, elle ne se laisse pas attraper. On nous
assure qu'il n'arrive jamais qu'une femme Kal-
mouck se laisse atteindre, à moins qu'elle n'aime
le jeune homme qui la poursuit. Si elle ne l'aime
pas, elle s'élance à travers tous les obstacles, au
risque de se rompre le cou, jusqu'à ce qu'elle soit
hors d'atteinte, ou jusqu'à ce que le cheval du
poursuivant, épuisé de fatigue, lui laisse la liberté
de revenir chez elle, pour se faire poursuivre une
autre fois par quelque admirateur plus favorisé. »

Lord Kames rapporte que le cérémonial suivant
était observé encore de son temps, pour le mariage
des habitants du pays de Galles :

« Le jour des noces, le fiancé accompagné de
ses amis, tous à cheval, vient demander sa fiancée.
Les amis de cette dernière qui sont aussi à cheval,
refusent positivement de la livrer, et alors a lieu
un simulacre de combat. La fiancée, en croupe
derrière son plus proche parent, s'éloigne au grand
galop, poursuivie par le fiancé et ses amis, qui
poussent de grands cris. On voit souvent dans de
semblables occasions, deux ou trois cents Cambro-
Bretons, galopant à toute bride, tombant, se
relevant, au grand amusement des spectateurs.
Quand ils se sont bien fatigués, quand leurs che-

vaux sont épuisés, on permet au fiancé d'atteindre
la fiancée. Il la conduit alors en triomphe et la
scène se termine par un festin et des fêtes [1]. »

Parfois, le simulacre de l'enlèvement se borne
pour le mari, quand la cérémonie du mariage est
terminée, à prendre sa femme sur ses épaules et à
la porter ainsi jusqu'à sa demeure; cet usage existe
en Abyssinie et chez les Indiens du Canada. On
trouve, chez divers peuples, une coutume analogue
qui consiste à soulever la fiancée pour lui faire
franchir le seuil de la porte de son mari, et la signification de ce symbole est que la jeune épouse
subit une contrainte et obéit à la force. Cette
coutume existait chez les Grecs et les Romains.

« La jeune fille, dit Fustel de Coulanges, en parlant des Grecs, n'entre pas d'elle-même dans sa
nouvelle demeure. Il faut que son mari l'enlève,
qu'il simule un rapt, qu'elle jette quelques cris et
que les femmes qui l'accompagnent feignent de
la défendre. Pourquoi ce rite ? Est-ce un symbole
de la pudeur de la jeune fille ? Cela est peu probable, le moment de la pudeur n'est pas encore
venu, car ce qui va d'abord s'accomplir dans cette
maison, c'est une cérémonie religieuse. Ne veut-on

_____

[1] Lord Kames, *History of man*, t. II, p. 59.

pas plutôt marquer fortement que la femme qui va sacrifier à ce foyer n'a par elle-même aucun droit, qu'elle n'en approche pas par l'effet de sa volonté et qu'il faut que le maître du lieu et du dieu (le dieu du foyer) l'y introduise par un acte de sa puissance? Quoi qu'il en soit, après une lutte simulée, l'époux la soulève dans ses bras et lui fait franchir la porte, mais en ayant bien soin que ses pieds ne touchent pas le seuil. » Et plus loin, à propos des Romains : « Pour que la jeune fille entre dans la maison, il faut, comme en Grèce, simuler l'enlèvement. L'époux doit la soulever dans ses bras et la porter par dessus le seuil sans que ses pieds le touchent [1]. »

Aujourd'hui encore, ne trouverait-on pas la trace héréditaire de l'enlèvement, comme faisant partie du mariage et marquant la prise de possession de la femme par le mari, dans l'habitude du voyage traditionnel de noces ?

Recherche de la beauté et goût de la parure. — On sait que, chez les animaux, la conquête de la femelle n'est pas toujours le prix de la vigueur, et qu'elle est due parfois à d'autres avantages, qui déterminent le choix de celle-ci, dans la mesure où

---

[1] Fustel de Coulanges, *La Cité antique*, p. 44 et 45.

il peut s'exercer, en faveur d'un mâle plutôt que
d'un autre. On en a vu des exemples, et cet attrait
particulier, cause des préférences qui s'observent
dans les unions sexuelles, est dû en général à
certains caractères extérieurs de beauté. Le sentiment de la supériorité due aux qualités de cet
ordre est donc dans la nature, et il se manifeste
à un très haut degré dans l'espèce humaine. C'est
ainsi que l'on voit le goût de la parure universelle-
ment répandu, même chez les hommes les moins
civilisés, et il est à remarquer que dans leurs procédés d'ornementation, ils imitent souvent les animaux.

« Il est notoire, dit Darwin, que les sauvages
ont la passion de l'ornementation, et un philo-
sophe anglais va jusqu'à soutenir que les vêtements ont été d'abord faits pour servir d'ornements et non pour conserver la chaleur. Ainsi que
le fait remarquer le professeur Waitz, « si pauvre
et si misérable que soit un homme, il trouve du
plaisir à se parer ». Les Indiens nus de l'Amérique
du Sud attachent une importance considérable à
la décoration de leur corps, comme le montre le
cas « d'un homme de haute taille gagnant avec
peine, par un travail de quinze jours, de quoi
payer le *chica* nécessaire pour se peindre le corps

en rouge » (Humboldt). Les anciens barbares qui
vivaient en Europe à l'époque du renne rappor-
taient dans leurs cavernes tous les objets brillants
ou singuliers qu'ils trouvaient. Aujourd'hui les
sauvages se parent partout de plumes, colliers,

Fig. 83. — Collier en grains de craie.

bracelets, boucles d'oreilles, etc. Ils se peignent des
manières les plus diverses. Si l'on avait examiné,
remarque Humboldt, les nations peintes avec la
même attention que les nations vêtues, on aurait
aperçu que l'imagination la plus fertile et le caprice

le plus changeant ont aussi bien créé des modes
de peinture que des modes de vêtements[1]. »

Ce goût de l'ornementation existait déjà à

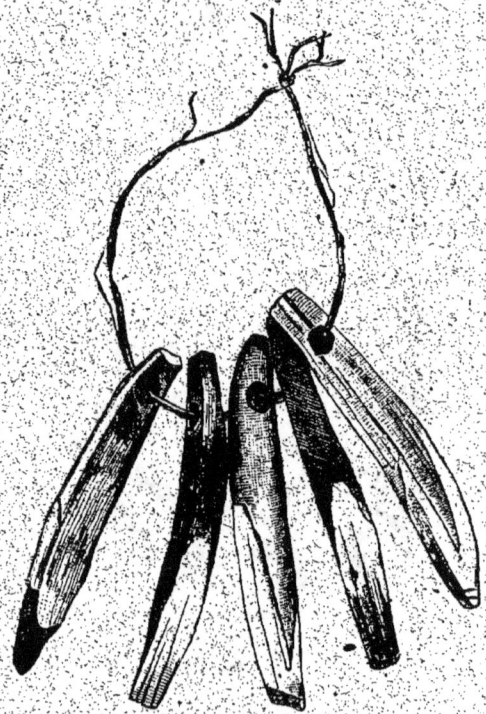

FIG. 84. — Portion de ceinture en dents de porc.

l'âge de la pierre taillée et de la pierre polie, comme
l'attestent les objets de parure, tels que pende-
loques, colliers ou bracelets trouvés à côté des

[1] Darwin, *La Descendance de l'Homme*, t. II, p. 355, Paris, 1872.

squelettes, dans les grottes funéraires et dans les gisements de cette époque. L'homme ne connaissait pas encore l'usage des métaux, et employait, comme ornements, des coquilles vivantes ou fossiles, des grains de craie ou d'ambre, des dents d'animaux (fig. 83 et 84).

On trouve aujourd'hui des ornements du même genre usités chez les sauvages, qui y attachent un grand prix; ils montrent, en effet, pour la parure une véritable passion, et c'est chez eux un trait commun qui se retrouve dans toutes les races et dans tous les pays. Ce goût les conduit parfois à des pratiques bizarres et bien faites pour nous surprendre; mais il s'inspire le plus souvent des dispositions ornementales que présentent les animaux, ou bien il se plaît, selon la remarque de Humboldt, à exagérer certains caractères naturels.

La peinture du corps et le tatouage. — Les sauvages des régions chaudes, qui vont nus, ont généralement coutume de peindre leur corps de couleurs éclatantes et variées, dans le but de lui donner un aspect qui provoque l'admiration ou qui inspire la crainte; cet usage paraît lié, en effet, aux habitudes guerrières et avoir souvent une signification belliqueuse.

« Quand les Australiens, dit Barrington, sont au

moment de commencer une expédition guerrière,
pour épouvanter leurs ennemis, ils se peignent le
visage et le corps de raies blanches et rouges. Plusieurs, sans donner de soin à cette peinture, se
barbouillent sans dessins, sans méthode; d'autres,
au contraire, tracent ces lignes avec la plus grande
attention et la plus grande exactitude. Quelques-
uns paraissent s'être ceints de plusieurs ceintu-
rons; plusieurs aussi se défigurent en traçant
autour de leurs yeux des cercles bleus et des
lignes horizontales sur le front; et d'autres, enfin,
pour diversifier toutes ces manières, se peignent
d'abord une large bande au milieu du corps, par
devant et par derrière, puis sur le reste seulement
quelques lignes étroites. Ils n'en tracent qu'une
seule sur les bras, les cuisses et les jambes. Ces
raies, qui toutes sont blanches, faisant paraître
dans les intervalles leur peau plus noire encore, de
loin leur donnent l'air de squelettes animés. Je
crois que c'est pour se donner cette apparence
qu'ils se peignent ainsi. Le rouge et le blanc sont
les couleurs dont principalement ils se servent[1].»

Un mode d'ornementation analogue, mais moins
grossier, plus perfectionné que la peinture du

----

[1] G. Barrington, *Voyage à Botany-Bay*, traduit de l'anglais.

corps, consiste à produire sur la peau des dessins
colorés durables, et même indélébiles, en introduisant sous l'épiderme des matières colorantes diverses. C'est le *tatouage*, dont la coutume est générale et, pour ainsi dire, universelle chez les sauvages,
et paraît même avoir existé chez l'homme primitif.
On a trouvé, en effet, dans les dépôts de l'époque
quaternaire, des cailloux creusés en godet, sortes
de mortiers, qui servaient probablement à broyer
les couleurs employées pour la peinture du corps
et le tatouage ; la présence avec ces mortiers de
cailloux ovalaires, propres à la trituration, vient à
l'appui de l'opinion qui leur attribue cet usage.

Très répandu partout, le tatouage est cependant
plus commun encore dans les pays chauds, là où
l'habitude d'aller nu est compatible avec le climat.
Les dessins qui le composent sont très variés de
forme, parfois d'une extrême complication et d'une
grande élégance ; ils voilent alors la nudité du
corps et donnent l'illusion d'une sorte de vêtement
formé d'un tissu à jour d'une remarquable délicatesse.

Le Père Mathias G., à qui on doit de curieux
détails sur les mœurs des Océaniens, nous donne
du tatouage la description suivante : « Le tatouage
de l'un et de l'autre sexe n'est pas le même. Aux

femmes, et même aux plus grandes princesses, il
se bornera aux brodequins, aux bracelets, au gant
souvent d'une seule main, à des épaulettes des-
cendant à moitié du bras, et enfin au *pivelé* des
lèvres et des oreilles. Mais pour les hommes c'est
autre chose ; il n'y a pour ainsi dire pas de partie
du corps qui n'ait ses figures et ses dentelles, à
commencer par les pieds : ce sont des brodequins
et des bas à jour les mieux dessinés et les mieux
brodés que j'aie vus ; les genoux ont leurs mol-
lettes, les cuisses leurs cuissards, tout le dos
mille bigarrures ; le haut du corps se distingue par
les plus belles cuirasses ; ici rien n'est épargné
pour rendre le dessin parfait, sauf les figures grotesques qui sont ajoutées aux plus fines dentelles.
Les mains ont leurs gants, mais des gants à jour
qui remontent jusqu'à moitié du bras, où ils re-
joignent les bouts de manche du hausse-col. Enfin
le tout se termine par la figure ; mais, il faut le
dire, c'est en sens inverse du reste du corps, car
si celui-ci est brodé avec soin, celle-ci, au contraire,
est à dessein défigurée par des barres transversales
obliques, et si grotesques qu'elles inspirent la peur
et le dégoût. Leur intention, au reste, est de faire
peur à leurs ennemis. Sauf cette horrible caricature
de la figure, vous jureriez de loin voir le plus beau

costume de cotte de mailles de nos anciens cheva-
liers; et dans la nudité des hommes des Marquises
on dirait qu'il n'y a rien d'indécent, mais seule-

FIG. 85. — Chef Maori, de race polynésienne.
(D'après Dumont-d'Urville).

ment un costume fort bien assorti au climat et aux
goûts guerriers de ce peuple [1]. »

[1] Père Mathias G., *Lettres sur les îles Marquises*, p. 131, Paris, 1843.

Dans ce récit, on voit que les hommes et les femmes sont tatoués différemment; parfois, les hommes seuls le sont, comme chez les Tongans,

Fig. 86. — Guerrier Maori, de race polynésienne.
(D'après Dumont-d'Urville).

et d'autres fois ce sont les femmes, comme chez les Fidjiens, qui sont pourtant voisins des premiers.

Le tatouage est employé non seulement comme

procédé d'ornementation générale, mais encore comme marque distinctive, consistant alors dans un dessin spécial, sorte de blason, propre à une tribu, à une caste ou à une famille. C'est donc souvent un signe de noblesse; ainsi, chez les Thraces, selon Hérodote, « une peau marquée de piqûres témoigne d'une noble origine; celui qui n'est pas tatoué est de basse naissance. » Chez les Nouveaux-Zélandais, les guerriers seuls ont droit à des emblèmes de ce genre, et chacun d'eux a le sien, appelé *moko*, dont il se sert, dans certains cas, comme d'une signature; ces tatouages occupent la figure et sont d'un dessin d'autant plus compliqué que le rang du personnage est plus élevé (fig. 85 et 86). Aux îles Marquises, il y a des tatouages spéciaux pour des classes diverses d'individus, comme les guerriers, les nobles, les esclaves, les veuves. Parfois la signification des dessins imprimés sur la peau, au lieu d'être honorifique, est au contraire honteuse; c'est ainsi que dans certains pays on marque de signes particuliers les prisonniers, les esclaves et les criminels.

La civilisation n'a pas fait disparaître entièrement cette ancienne coutume du tatouage qui a persisté, par atavisme, dans les couches inférieures de notre société. Elle s'est maintenue dans les milieux où

l'homme, par défaut de culture, est resté le plus
près de l'état primitif, ou sauvage, dont la trace se
montre encore en lui. C'est ainsi qu'on l'observe
particulièrement dans certaines catégories d'individus placés au degré le plus bas de l'échelle
sociale, et surtout chez les criminels, comme l'ont

Fig. 87. — Tatouage (d'après Lacassagne).

montré les remarquables travaux de Lombroso[1], en
Italie, et de Lacassagne[2], en France. Les dessins
ou emblèmes de cette nature varient avec l'idée
qui les a inspirés, et, le plus ordinairement, ce sont
des inscriptions ou des signes ayant un caractère
guerrier, amoureux, professionnel, souvent même

[1] Lombroso, Uomo delinquente, 3e éd., 1884.
[2] Lacassagne, Les Tatouages, Étude anthropologique et médico-légale,
1881.

religieux. La figure 87, empruntée à Lacassagne, représente un emblème d'amour formé de deux mains entrelacées, tenant une pensée, avec des initiales. La fréquence des tatouages est beaucoup plus grande qu'on ne serait porté à le croire, et il y a, paraît-il, des tatoueurs qui vivent de leur

Fig. 88. — Habitant de Manyéma.
(D'après Stanley, *A travers le Continent noir*).

profession, ce qui prouve que les sauvages ont encore parmi nous de nombreux représentants.

Les cheveux et la coiffure. — La coiffure joue un grand rôle dans l'ornementation des sauvages, et la façon dont ils accommodent leurs cheveux, pour en faire un objet de parure, est souvent des plus bizarres et des plus compliquées. Les dispositions

en sont d'ailleurs très variées suivant les pays.
Tantôt ce sont des houppes, de petits bouquets ou
des boucles en forme de papillottes, qui se déta-

FIG. 89. — Papoua (d'après Earl [1]).

chent par places sur le crâne partiellement rasé
(fig. 88). Tantôt les cheveux ayant toute leur longueur sont tressés, puis enroulés autour de la tête,
et maintenus par une pièce en bambou ornée de.

[1] Earl, *Natives Races of the Indian Archipelago-Papuans*, London, 1853.

plumes à son sommet (fig. 89). Aux îles Viti, la
coiffure prend souvent un volume énorme par la
disposition rayonnante des cheveux, divisés en
mèches formant par leur ensemble une épaisse
toison. « Ces insulaires, dit Lubbock, donnent
beaucoup de temps et d'attention à leur chevelure.

FIG. 90. — Mtuta (d'après Stanley, *A travers le Continent noir*).

La plupart des chefs ont un coiffeur spécial auquel
ils consacrent ordinairement plusieurs heures par
jour. Leurs coiffures ont souvent plus de trois
pieds de circonférence, et M. Williams en a mesuré
une qui avait près de cinq pieds de tour. Cela les

Fig. 91. — Bayadère de Bali
(Phot. Collections du Muséum d'Histoire naturelle de Paris).

force à employer, pour dormir, des oreillers de
bois sur lesquels ils reposent leur cou, ce qui doit
être fort peu confortable. Ils se teignent aussi les

FIG. 92. — Chef Samoan.

cheveux; le noir est la couleur favorite, mais quelques-uns préfèrent le blanc, le jaune filasse ou le
rouge brillant[1]. »

1. Lubbock, *Les Origines de la civilisation*, p. 64.

Parfois la coiffure, au lieu d'être faite de cheveux, est composée de plumes (fig. 90), dont l'emploi dans la parure est très fréquent chez les sauvages, imitant en cela l'exemple de la nature dans l'ornementation des oiseaux. Cet usage très général se retrouve, comme on sait, jusque dans les modes des nations civilisées, et la coiffure d'une bayadère de Bali (fig. 91) n'a rien de plus extraordinaire que celle dont les femmes se sont souvent parées dans nos pays, comme d'un ornement du meilleur goût et de la plus grande élégance. De même que chez les sauvages, les plumes et les panaches sont restés chez nous les signes distinctifs du commandement, et le casque d'un chef Samoan, qui n'a d'ailleurs guère d'autre vêtement (fig. 92), n'a-t-il pas beaucoup d'analogie avec ceux que portent certains généraux européens? tant il y a encore dans l'homme civilisé des traits de l'homme primitif.

Bizarrerie de certains ornements. — Chez les sauvages, on observe l'emploi, dans un but ornemental, de procédés qui nous paraissent tout à fait extraordinaires, et d'un effet tout contraire à nos yeux, mais qui n'en sont pas moins, malgré leur bizarrerie, des manifestations intéressantes de leur goût pour la parure. Quoi de plus étrange que l'usage qu'on rencontre chez les Papouas de la

Nouvelle-Guinée de porter, en guise d'ornement, une longue cheville en bois qui traverse la cloison du nez (fig. 93); la présence doit en être singulièrement gênante, mais cet appendice constitue

FIG. 93. — Papoua (d'après Earl [1]).

pour eux une parure, comme les colliers dont ils entourent leur cou, ou les tresses qu'ils font avec leur barbe.

[1] Earl, *Natives Races of the Indian Archipelago-Papuans*, London, 1853.

Les Aymorès, ou Botocudos, forment une tribu qui habite l'intérieur du Brésil, tribu peu nombreuse et qui tend même à disparaître. Ils sont entièrement nus et ont, comme la plupart des sau-

FIG. 94. — Femme Botocude.

vages, l'habitude de se peindre le corps ou de se tatouer, mais ils ont en outre la bizarre coutume d'introduire dans la lèvre inférieure et dans le lobule de l'oreille une rondelle de bois léger, appelée *botoque* (fig. 94), en portugais, d'où le nom de Boto-

cudos qui leur a été donné. « Dès le jeune âge, dit
le docteur Verneau, on perce la lèvre et les oreilles
avec une épine ou une pointe de roseau, et on
dilate progressivement le trou en y introduisant
des morceaux de bois de plus en plus gros. On
arrive ainsi à s'insinuer dans la lèvre des boto-
ques qui dépassent parfois six centimètres de
diamètre. Il n'est pas rare de voir le bord de la
lèvre se déchirer; mais on en réunit alors les lam-
beaux au moyen d'un fil végétal[1]. »

Cette mode, hideuse à nos yeux, n'est pourtant
pas une exception particulière aux Botocudos,
et on la retrouve chez d'autres populations sauvages de l'Amérique.

Mode d'action de la sélection sexuelle. — On voit
que, si le goût de la parure est général parmi les
hommes, le sentiment esthétique prend chez eux,
suivant la race, le milieu et le degré de civilisation,
des formes très diverses et parfois bien surpre-
nantes ; mais quelles que soient leurs idées sur la
beauté, celle-ci, telle qu'ils la comprennent, exerce
une influence qui joue un rôle important dans
l'union des sexes. C'est elle surtout qui provoque
les préférences individuelles, d'où résulte le choix

[1] R. Verneau, *Les Races humaines*, p. 761, Paris.

en vertu duquel les hommes et les femmes ne
s'accouplent pas indifféremment entre eux; elle
est un des facteurs les plus puissants de la sélection sexuelle, comme cause principale de l'attrait
exercé par un individu en particulier sur un
autre de sexe différent.

Les effets de cette sélection, quand elle s'opère
avec quelque rigueur, se montrent parfois de
façon très manifeste. Darwin en cite un cas qui,
dit-il, bien qu'ayant trait à des sauvages, mérite,
à cause de sa curiosité, d'être rapporté. M. Win-
wood Reade m'apprend que les Jollofs, tribu nègre
de la côte occidentale d'Afrique « sont remarquables par leur aspect général de beauté ». Un des
amis de M. W. Reade ayant demandé à l'un de ces
nègres : « Comment se fait-il que vous ayez tous
si bonne façon, non seulement vos hommes, mais
aussi vos femmes ? » Le Jollof répondit : « C'est
facile à comprendre; nous avons toujours eu
l'habitude de trier nos esclaves les plus laides pour
les vendre. » Il est inutile d'ajouter que, chez tous
les sauvages, les femmes esclaves servent de con-
cubines [1].

Un autre exemple bien remarquable de ce genre

---

[1] Darwin, *La Descendance de l'homme*, t. II, p. 375.

de sélection est le suivant, rapporté par M de Quatrefages :

« Le petit village de San-Giuliano, en Sicile, est situé sur ce fameux mont Eryx, célèbre par le temple que les Grecs y avaient élevé à Vénus Erycine. On choisissait pour en être les prêtresses les plus belles femmes que l'on pouvait trouver dans la Grèce entière. Or, comme elles n'étaient pas assujetties aux mêmes obligations que les Vestales, il est naturel de penser qu'à leur tour, elles prenaient leurs époux parmi les plus beaux hommes du pays. Eh bien ! de nos jours encore, alors que la Sicile est peuplée des races les plus diverses mêlées ou juxtaposées, et qu'elle compte d'ailleurs de beaux types de femmes, celles de San-Giuliano sont citées pour être les plus belles de l'île. Il est difficile de ne pas voir là le résultat de cette sélection, à laquelle toute une population féminine a été soumise pendant plusieurs siècles sans interruption [1]. »

Darwin remarque avec raison que les conditions de la sélection sexuelle dans l'espèce humaine ont dû être plus favorables à l'origine que plus tard. En effet, avec la rude existence que menaient les

[1] De Quatrefages, *Revue des cours scientifiques*, p. 721, 1868.

hommes primitifs, les faibles et les chétifs devaient
succomber de bonne heure, et ceux-là seuls pouvaient se reproduire qui avaient été assez forts pour
résister; c'est ainsi que, aujourd'hui encore, chez
les sauvages, les voyageurs sont frappés de l'absence d'hommes infirmes ou contrefaits, car ceux-
là n'ont pas pu soutenir la lutte pour la vie. De
plus, au début de l'humanité, l'instinct par lequel
les individus les plus beaux et les mieux doués de
chaque sexe sont portés à s'unir les uns aux autres,
en vue de la reproduction, devait rencontrer moins
d'obstacles et s'exercer plus librement.

Rôle de l'amour comme agent de sélection. — La
sélection sexuelle s'opérait alors simplement, en
vertu de la supériorité due à la vigueur et à la
beauté, mais un élément nouveau vint en modifier
les conditions, au fur et à mesure que, chez l'homme,
se développèrent l'intelligence et le sentiment.
Sous leur influence, les qualités morales de l'esprit et du cœur entrèrent pour une part de plus en
plus grande dans l'attrait exercé par un sexe sur
l'autre. Il suit de là que les raisons déterminantes
de cet attrait ont varié avec les âges et les milieux,
selon leur degré de civilisation; de même, elles
varient avec les individus, d'après la culture, les
idées ou le caractère de chacun, d'où la diversité

des sympathies et des inclinations personnelles.
L'instinct sexuel primitif s'est ainsi transformé,
chez l'homme, par l'introduction d'un élément important de nature psychique, en un sentiment qui
lui est propre; il est devenu l'amour. C'est donc
une loi naturelle que l'union des sexes soit déterminée par ce sentiment, dont l'action a pour effet
de favoriser la sélection sexuelle.

D'un autre côté, celle-ci ayant pour base la
transmission héréditaire à leurs descendants des
qualités possédées par les parents, il en résulte,
comme on sait, un développement graduel des
caractères sexuels secondaires; c'est pourquoi la
dissemblance est allée en grandissant entre les
sexes, et a atteint son plus haut degré chez les races
supérieures, où le type de beauté propre à chacun
d'eux se trouve le plus perfectionné. Or, il est intéressant de remarquer que cette dissemblance, à
son tour, constitue une condition favorable à la
sélection, car elle contribue à l'attrait réciproque
des sexes l'un pour l'autre. On peut dire, en effet,
que, d'une manière générale, cet attrait est d'autant
plus grand qu'entre l'homme et la femme il y a
plus de différence, bien entendu dans les limites du
type de la race. Il est d'observation courante que
ce sont les qualités d'ordre soit physique, soit

psychique, particulières au sexe, que chacun des
deux apprécie surtout dans l'autre, de sorte que
deux individus ont d'autant plus de chances de se
plaire qu'ils se ressemblent moins par les traits de
leur organisation.

Influence des conditions sociales. — L'amour
ayant une action favorable à la sélection est donc
un facteur important du progrès de l'espèce, et
par conséquent il devrait toujours présider à l'union
sexuelle. Malheureusement, il est loin d'en être
ainsi, et le plus souvent d'autres considérations
interviennent, qui agissent en sens contraire. Dans
notre état de civilisation, le choix des deux parties
est subordonné la plupart du temps à des motifs
d'un autre genre, à des questions de fortune ou de
position, et les conséquences peuvent en être des
plus fâcheuses, au point de vue de la descendance.
Il faudrait que ce choix fût avant tout conforme aux
règles de la sélection, règles que son intelligence
a permis à l'homme de connaître, et dont il devrait
avoir soin de faire sur lui-même l'application rai-
sonnée. Or, on sait qu'il n'en est rien d'ordinaire.
« L'homme, dit Darwin, épluche avec la plus
scrupuleuse attention les caractères et la généalogie de ses chevaux, de son bétail et de ses chiens
avant de les apparier; précaution qu'il prend rare-

ment ou jamais, quand il s'agit de son propre
mariage... Il pourrait cependant par la sélection
faire quelque chose de favorable, non seulement à
la constitution physique de sa descendance, mais à
ses qualités intellectuelles et morales[1]. »

C'est là, comme on voit, une question du plus
haut intérêt, au point de vue social, et, dans la recherche des conditions propres à favoriser l'amélio-
ration de l'être humain, celles qui tiennent à la
sélection sexuelle ne devraient pas être négligées.
Sans doute, le problème qui consiste à appliquer les
données que fournit la science à cet égard, est des
plus complexes et des plus difficiles, car c'est surtout affaire de mœurs, et ce sont celles-ci qui de-
manderaient à être modifiées. Il faudrait que la
connaissance des règles de cette sélection fût assez
répandue, et la nécessité de les observer assez bien
comprise, pour qu'on en tînt compte plus qu'on
ne le fait, quand il s'agit de mariage. Les raisons
de cet ordre devraient être décisives, et non celles
qui tiennent à des convenances de famille, ou à des
intérêts de fortune ; or, ce sont celles-ci qui l'emportent généralement.

L'examen des conditions propres à favoriser dans

[1] Darwin, *La Descendance de l'homme*, t. II, p. 424.

SICARD, L'Evolution sexuelle.   19

nos sociétés civilisées, une sélection sexuelle intelligente ferait l'objet d'un intéressant chapitre de sociologie, mais nous laisserons à de plus compétents que nous le soin de l'aborder, ne voulant pas sortir du cadre que nous nous sommes tracé comme naturaliste.

CONCLUSIONS

Pour terminer, nous résumerons brièvement les conclusions qui ressortent de cette étude.

I. L'évolution sexuelle de l'homme, envisagée soit dans l'espèce soit dans l'individu, montre que la différenciation des sexes est en rapport avec le degré de supériorité auquel il est parvenu.

II. Cette différenciation va croissant par un procédé naturel de sélection *(sélection sexuelle* de Darwin), qui a pour effet de développer de plus en plus les caractères sexuels secondaires.

III. Il y a progrès quand il y a entre les sexes plus de dissemblance; celle-ci doit donc être favorisée par tous les moyens possibles.

IV. Il est conforme à la loi naturelle que l'homme

et la femme n'ayant pas la même organisation aient chacun dans la vie sociale, comme dans l'association formée en vue de la reproduction, un rôle différent,

V. Tout ce qui peut avoir pour effet de diminuer leurs caractères distinctifs, et de les assimiler entre eux, est en opposition avec les données de la science biologique.

FIN

TABLE DES MATIÈRES

FIN DE LA TABLE DES MATIÈRES

TABLE ALPHABÉTIQUE

FIN DE LA TABLE ALPHABÉTIQUE

ERRATUM

Page 135, ligne 6, au lieu de : urètre, *lisez* : uretère.

Lyon. — Imp. PITRAT AINÉ, A. REY successeur, rue Gentil, 4 — 3065

ÉLÉMENTS DE ZOOLOGIE

Par H. SICARD
Professeur et Doyen de la Faculté des sciences de Lyon

1 vol. in-8 de 842 pages, avec 758 fig., cart. . . . . . . 20 fr.

Les *Éléments de zoologie* de M. Sicard embrassent à la fois la zoologie générale et la zoologie descriptive et analytique. Dans la première partie, l'auteur traite de la constitution des animaux, de l'accroissement et du perfectionnement des organismes, de la structure et des fonctions des organes en général, du développement des animaux et de la classification. La théorie de l'évolution de Lamarck et le système de Darwin y sont résumés avec la plus grande clarté. La seconde partie, de beaucoup la plus développée, est consacrée à la zoologie descriptive. L'auteur s'est toujours attaché à ne donner que les résultats acquis et non sujets à révision. Aussi, au milieu de la multiplicité des classifications proposées, a-t-il cru préférable de s'en tenir à celle qui est en quelque sorte classique en France. L'auteur parle des formes inférieures les plus simples pour s'élever progressivement jusqu'aux formes supérieures les plus complexes.

La même marche a été suivie dans la description de chaque embranchement, de chaque classe, de chaque genre. Cette uniformité jointe à la netteté et à la précision des descriptions, sera très appréciée. Enfin, le grand nombre de figures intercalées à chaque page ajoutera encore à la clarté du texte. L'ouvrage se termine par une table alphabétique des noms de genres, familles, classes, etc., qui facilitera les recherches.

TRAITÉ D'EMBRYOLOGIE ET D'ORGANOGÉNIE COMPARÉES

Par Francis BALFOUR
Professeur de morphologie animale à l'Université de Cambridge,
membre de la Société royale de Londres.

2 vol. in-8, ensemble 1351 pages avec 740 figures. . . . . 30 fr.

L'auteur a réuni dans un exposé méthodique, clair et précis les données éparses de la science. Les descriptions différentes ont été pesées et appréciées et souvent mises d'accord par une explication ingénieuse ou une observation nouvelle. D'innombrables observations ont été répétées et vérifiées par M. Balfour et les suggestions sur les nouvelles recherches à entreprendre rendent ce livre aussi précieux au savant qu'à l'étudiant.

Disciple de l'école transformiste, M. Balfour sait l'importance des données que l'embryologie peut fournir à l'histoire de la filiation des êtres et lui demande de nous éclairer sur la généalogie des formes animales. Il apporte la même attention à l'histoire du développement des organes où la morphologie puise ses données les plus importantes.

LIBRAIRIE J.-B. BAILLIÈRE ET FILS, PARIS

LE CORPS HUMAIN
STRUCTURE ET FONCTIONS
Formes extérieures, régions anatomiques, situation, rapports et usages
des appareils et organes qui concourrent au mécanisme de la vie
démontrés à l'aide de planches coloriées, découpées et superposées

DESSINS D'APRÈS NATURE, par **Édouard CUYER**
Lauréat de l'École des Beaux-Arts

TEXTE, par **G.-A. KUHFF**, docteur en médecine.
Préparateur au Laboratoire d'Anthropologie de l'École des Hautes Études

Préface par M. Mathias DUVAL, professeur d'anatomie à l'École des Beaux-Arts

1 vol. gr. in-8 de 500 p. de texte, avec atlas de 27 *planches coloriées*.
Ouvrage complet cartonné, en deux volumes : 75 fr

ANATOMIE ARTISTIQUE DU CORPS HUMAIN
PLANCHES, par le **Docteur J. FAU**

TEXTE, par **Édouard CUYER**, professeur à l'École des Beaux-Arts.

1891, 1 vol in-8 de 203 p. avec 17 planches, comprenant 47 fig.
Figures noires : 6 fr. — Figures coloriées : 12 fr.

LA PHYSIONOMIE
CHEZ L'HOMME ET CHEZ LES ANIMAUX
Dans ses rapports avec l'expression des émotions et des sentiments
Par S. SCHACK
1 vol. in-8 de 445 pages avec 154 figures. . . . . 7 fr.

LE TRANSFORMISME
Par Ed. PERRIER
Professeur au Muséum d'histoire naturelle de Paris

1 vol. in-16, 340 pages, avec 88 figures (*Bibl. scient. contemp.*) 3 fr. 50
L'auteur étudie la doctrine transformiste pour arriver à l'explication
du monde vivant.

Il fait connaître les origines de la question, ce qu'elle était avec
Lamarck, Geoffroy Saint-Hilaire, Ch. Darwin et Haeckel; ce qu'elle
est devenue entre les mains des naturalistes de l'époque actuelle et
comment elle est arrivée à grouper en un même faisceau les données
si lon temps éparses de la paléontologie, de l'anatomie comparée, des
sciences descriptives, et de l'embryogénie.

En laissant de côté les hypothèses, il résume ce que l'on a réussi à
savoir de plus précis sur l'origine des formes actuelles du Règne animal et sur celles de l'Homme.

ENVOI FRANCO CONTRE UN MANDAT POSTAL

Lyon. — Imp. Pitrat Ainé, A. Rey Succr. — 3 163